Diogenes Taschenbuch 24251

de
te
be

Banana Yoshimoto

Ihre Nacht

Roman

Aus dem Japanischen
von Thomas Eggenberg

Diogenes

Titel der 2008 bei
Bungei Shunju Publishing Co., Ltd.,
erschienenen Originalausgabe:
›Kanojo ni tsuite‹

Die deutsche Erstausgabe
erschien 2012 im Diogenes Verlag
Die deutschen Übersetzungsrechte
mit der Genehmigung von
Banana Yoshimoto,
unter Vermittlung von Zipango, S. L.
Umschlagfoto:

Veröffentlicht als Diogenes Taschenbuch, 2013

www.diogenes.ch
60/13/8/1
ISBN 978 3 257 24251 5

Ich glaube, es war kurz vor unserem ersten Schultag. Da hab ich Shōichi zum letzten Mal gesehen.

Jener Tag war so schön, dass ich mir wünschte, er würde nie aufhören. Ich erinnere mich sehr gut. Es war eine Zeit, in der mein Zuhause mehr und mehr von etwas Dunklem überschattet wurde.

Mama und Shōichis Mutter waren Zwillinge und hatten ein gutes Verhältnis zueinander, wie normale Schwestern eben. Doch das sollte sich ändern. Als ahnten sie etwas, plauderten sie in aufgekratzter Stimmung und schauten dabei vergnügt uns Kindern beim Spielen zu, mit einem Blick, der zu sagen schien: Gibt es ein größeres Glück auf Erden? Wer Kinder hat, braucht nichts anderes mehr. – Es war das letzte Mal, dass ich die beiden so unbeschwert erlebte.

Shōichi und ich, das weiß ich noch, leckten Eis und schlürften selbstgemachtes Calpis*. Wir brei-

* Mit Molke hergestelltes erfrischendes Getränk. (Anmerkung des Übers.)

teten im Garten eine Picknickdecke aus und begannen zu kochen. Auf den improvisierten Küchenherd stellten wir einen Plastiktopf, gaben Plastikkarotten und Plastikkartoffeln hinein, und als Dessert formten wir Bällchen aus feuchter Erde, die wir sorgfältig aneinanderreihten.

Obwohl Shōichi und ich die Kinder von Zwillingen waren, konnten wir in unseren Gesichtern keine Ähnlichkeit entdecken. Wir glichen wohl unseren Vätern. Er hatte große runde Augen, volle Lippen und eine schmale, weit vorstehende Nase. Ich hingegen hatte ein schmales Gesicht, schmale Augen und eine breite, flache Nase. Unsere Mütter, die sich wie ein Ei dem andern glichen, hörte ich immer wieder sagen: »Diese Kinder sehen sich überhaupt nicht ähnlich, ist das nicht komisch?«

Manchmal, wenn ich in guter Stimmung bin, erinnere ich mich plötzlich wieder an das durchsichtig schimmernde Licht jenes Tages.

Anders als meine Mutter, die immer rundlicher geworden war, deren ganze Erscheinung etwas Schwammiges, Düsteres an sich hatte, sah die Tante mit ihrer schlanken Figur geradezu blendend aus.

Ach, wenn das meine Mutter wäre, dachte ich in einem Anflug von Neid. Shōichi lebt in einer Welt ohne Sorgen, er kann sich wie ein kleiner König fühlen. Sicher wird für ihn auch in Zukunft die

Sonne scheinen, so wie sie jetzt seinen schönen Garten und seine schöne Mutter bescheint. Er hat gut lachen, das Leben zeigt sich ihm von seiner besten Seite. Auf mich aber wartet Ungemach, ich drohe im Schlamm jenes Teiches dort zu versinken, wie eine Ameise zertreten zu werden oder noch als verpuppter Falter zu verenden. So sehen meine Zukunftsperspektiven aus. Was für ein tolles Lebensgefühl!

Natürlich standen mir diese Worte nicht zur Verfügung, aber was ich empfand, entsprach dem haargenau. Nur, sosehr ich mich bemühte, Shōichi als verwöhnten kleinen Kerl hinzustellen – es wollte mir nicht gelingen. Dieser Junge war einfach zu nett, man konnte ihm nichts verübeln. Könnte ich ihn vor Neid nur hassen und ihm die Schuld an meinem Elend zuschieben, dachte ich. Aber wie dankbar war ich jedes Mal, wenn Shōichi mich anlächelte …

Solche Gedanken und Gefühle beschäftigten mich, während wir eifrig Erdbällchen formten und Pfannkuchen backten. Die Tante brachte uns auch Pappmaché. Mit der breiigen Masse formten wir allerlei Dinge und pinselten sie farbig an. Wir bastelten aber nicht wild drauflos, sondern teilten die Arbeit auf und halfen dem andern, wenn nötig. Am liebsten hätte ich immer so weitergemacht. Dieses friedliche Miteinander wünschte ich mir auch in meinem Alltag. Eine Welt ohne launische Wutausbrüche, ohne Ungewissheiten. Eine Welt, in der man einfach füreinander da ist und sich auf das konzentrieren kann, was man vor Augen hat. Das wäre ein Glück!

Ich schaute zum tiefblauen Himmel auf und dachte an die Zukunft. Ein banges Gefühl ergriff mich.

Nie mehr möchte ich weg von hier … Aber ich spürte, es würde anders kommen. Unsere Lebenswege würden sich trennen und in sehr unterschiedliche Richtungen führen.

Unsere Gesichter, unsere Schultern kamen sich so nahe, dass sie sich beinahe berührten. Bitterkeit und Trauer erfüllten mein Herz.

Wieder schaute ich zum Himmel auf, der mit sonnenbeschienenen Schäfchenwolken übersät war. Wie eine Armada von Schiffen zogen sie gemächlich dahin. Die Freude an der Schönheit der Natur ist das Einzige, was mir keiner wird nehmen können – niemals, sagte, nein, schwor ich mir.

Meinen Cousin Shōichi sah ich erst als erwachsenen jungen Mann wieder, und zwar völlig überraschend an einem Spätnachmittag im Herbst, als ich nach längerer Abwesenheit in meine kleine schäbige Wohnung in Tōkyō zurückgekehrt war.

Ich hatte einen Brummschädel und nichts gegessen, nur einen Kaffee nach dem anderen getrunken und auf das Wiedererwachen meiner Lebensgeister gewartet.

Wenn man einfach so in den Tag hineinlebt, weiß man je länger je weniger, warum und wofür man eigentlich da ist. Na, du lebst eben, egal wie, sagte ich mir und machte weiter wie immer. Aber gelegentlich kamen mir Zweifel, und ich fragte mich, ob das nicht schleichender Selbstmord ist, so ein Leben. Zum Beispiel wenn ich von der vielen Herumreiserei erschöpft war, wenn ich mich ins Bett verkroch und die Einsamkeit mich überfiel, so dass der ganze Körper zu zittern begann und selbst tiefes Atemholen das beklemmende Gefühl in der Brust nicht löste, oder auch wenn ich zurückdachte an jene Zeit, als ich noch eine Familie hatte.

Am Tag zuvor hatte ich von einem alten Freund Geld bekommen. Eine Weile lang brauchte ich mir wenigstens finanziell keine Sorgen zu machen, was mich trotz meines Katers in euphorische Stimmung versetzte. Er hatte mich gefragt, wovon ich in letzter Zeit leben würde, und ich hatte geantwortet: Nach wie vor auf Kosten anderer Leute, wie ein Schmarotzer. Da sagte er: Ich helfe dir, und ließ mir umgehend Geld auf mein Konto überweisen. Daraufhin gingen wir in die Kneipe eines gemeinsamen Bekannten, um einen zu trinken. Wir aßen und tranken und schwatzten, und plötzlich war es Mitternacht. Als wir aufbrachen, wollte er nichts weiter von mir. Auch das kommt vor. Jedenfalls lädt er mich, wenn wir uns sehen, nicht nur zum Essen ein, sondern gibt mir auch Geld. Und da er es nicht zurückhaben will, bedeutet »geben« letztlich schenken. Offenbar tut er das gern, es gibt ihm das Gefühl, ich wäre seine Frau, es bereichert sein Leben. Meine Erklärungsversuche, warum ich keine feste Arbeit habe, warum ich unauffällig und zurückgezogen lebe, nimmt er mir partout nicht ab. Er denkt, ich sei ein bisschen verrückt oder in Wahrheit eine Tochter aus reichem Haus. Womöglich denkt er gar, er wäre der einzige Mann, den ich wirklich liebe und immer lieben werde. Vielleicht macht er sich Vorwürfe, dass er mich nicht geheiratet hat, wer weiß. Meiner Erfahrung nach glauben vier von fünf Männern, gleich welchen Alters, die Frauen um sie herum wollten etwas von ihnen. Wenn das bei mir nur so wäre!, denke ich manchmal, aber die grenzenlose Leichtigkeit meines Daseins – obwohl es nicht sehr abwechslungsreich ist und die Zukunft ungewiss – würde ich doch auch nicht missen wollen.

Natürlich sehnte ich mich immer mal wieder nach einer festen Arbeit oder dachte ans Heiraten und Kinderkriegen. Der Partner war nicht das Problem, denn mit einem Mann, von dem ich guten Gewissens hätte sagen können, wenn, dann der, war ich schon seit Jahren zusammen. Das Problem war, dass ich mich nicht so leicht zu diesem oder jenem durchringen konnte. Ich hatte das Gefühl, mich allein vor der Vergangenheit meiner Familie retten zu müssen. Ich hatte Angst davor, jemanden ernsthaft in mein Leben hereinzulassen, und ich hatte auch keine Lust, lang und breit zu erklären, warum das so war. Ich fühlte mich wie eine Art Krankheitserreger, das wurde ich einfach nicht los. Wo ich bin, ist immer auch ein Hauch von Tod, der sich wie ein Schleier über alles legt. Abgesehen von einem dunklen, geheimnisvollen Etwas, das da zwischen Mann und Frau herrscht, kann ich in einer Beziehung nichts Positives erkennen. So viel ist schiefgelaufen, so viel missraten, und dennoch lebe ich … Ist das nicht unendlich traurig?

Aber, dachte ich, es hat schon seinen Sinn.

Als ich spürte, wie mein Kater sich langsam davonmachte, fühlte ich mich fast wie im siebten Himmel. Schöner noch als die Gewissheit, dass es nicht mehr schlimmer werden kann, ist der Moment, wo sich das Übel von einem abzuwenden beginnt. Wenn ich lange und intensiv in den Himmel schaue, denke ich jedes Mal: Einfach nur da zu sein ist schon ein Glück. Sieh mal, diese feinziselierten Linien der Wolken dort am Horizont … Das hast du so noch nie gesehen … Genieß das Leben!, sage ich mir trotzig, du möchtest es doch nicht missen, oder? Und tatsächlich, seit meiner Kindheit hat sich daran nichts geändert.

Shōichi war kein Durchschnittsmensch geworden. Das wurde mir, als ich ihn sah, sofort bewusst.

Jede seiner Gesten verriet Besonnenheit und Aufmerksamkeit. Es gab nichts an ihm, was mich irgendwie gestört hätte. Man braucht nur auf die äußere Erscheinung zu achten und die Art, wie Leute reden – meistens reicht das schon, um sie einschätzen zu können.

Verträumt oder eher benommen hatte ich zum Fenster hinausgeschaut, als es plötzlich klopfte. Ich ging zur Tür und äugte durch das Guckloch.

Draußen stand, kerzengerade, schick gekleidet und mit erwartungsvollem, festem Blick – Shōichi. Als hätte er schon seit einer Ewigkeit so dagestanden. Obwohl mir das Gesicht vertraut vorkam, erkannte ich ihn nicht. Erst als er laut und deutlich sagte: »Ich bin Shōichi, der Sohn von Atsuko«, machte es klick bei mir. Überrascht öffnete ich die Tür.

Jetzt verflogen die letzten Zweifel. Er hatte die

gleichen großen, runden Augen wie als Kind, die gleichen widerborstigen Haare. Eine etwas gedrungene Figur, schöne Hände.

Als ich ihn zuerst, ohne zu lächeln, mit fragendem Blick fixierte, wich er keinen Zentimeter zurück. Ich spürte, wie seine Standfestigkeit mir Vertrauen einflößte, und musste unwillkürlich lachen. Auch bei ihm zeigten sich kleine Fältchen in den Augenwinkeln.

»Ich dachte, du könntest vielleicht Hilfe brauchen«, sagte er.

»Warum denn, so plötzlich? Wie viele Jahre sind es jetzt her? Jahrzehnte vielleicht sogar«, sagte ich.

»Entschuldige bitte den Überfall, ich wusste weder deine Telefonnummer noch die genaue Adresse. So bin ich aufs Geratewohl gekommen. Ach ja, übrigens ... Meine Mutter ist vor zwei Monaten gestorben.«

»Oh, mein herzliches Beileid ... Für diese Mitteilung bist du extra hergefahren?«

Zwar konnte man sagen, dass ich zu seiner Familie keinerlei Beziehung mehr hatte, doch wenn ich an seine Mutter, das heißt, an meine Tante dachte und daran, wie gut sie immer zu mir gewesen war, krampfte sich mir das Herz zusammen. Schon als Kind hatte Shōichi einen ziemlichen Mutterkomplex. Selbst wenn seine Mutter nicht in der Nähe war, blieb er ganz unbekümmert. Sie war für ihn sozusagen ein göttliches Wesen. Als könnte sie an verschiedenen Orten gleichzeitig sein, fühlte er sich in ihrer allgegenwärtigen, allumfassenden Liebe sicher aufgehoben. Etwas eingebildet und verwöhnt, dieser Junge, dachte ich damals als kleines Mädchen, aber wie hätte es anders sein sollen bei solch einer Mutter.

Die Gutherzigkeit meiner Tante war nicht einfach etwas, was ihr angeboren gewesen wäre; sie hatte in ihrem Leben Bitteres ebenso wie Süßes gekostet und irgendwann zu innerer Ruhe und Gelassenheit gefunden. Zurückhaltend, wie sie war, ließ sie über ihre Vergangenheit kein Wörtchen fallen, aber sie musste früher einmal Schlimmes erlebt haben und schien sich vor einem Biest zu fürchten, das jederzeit aus ihr hervorbrechen konnte. Mit welcher Entschlossenheit sie sich gegen diesen inneren Abgrund wehrte, spürte man auch, wenn sie schwieg.

An jenem Tag, als Shōichi und ich in unser Spiel vertieft gewesen waren und Mama mir andeutete, dass sie bald nach Hause gehen wolle, rief meine Tante mich heimlich zu sich. Die Abendsonne tauchte alles in ein orangefarbenes Licht. Den Rücken zum Garten, kauerte die Tante vor mir und flüsterte: »Ich sag dir jetzt was, aber lass dir nichts anmerken, ja?«

Ich verstand, dass sie mir etwas Wichtiges anvertrauen wollte, und nickte leicht.

»Weißt du, ich überlege mir, ob wir dich zu uns nehmen könnten... Für den Fall, dass du mal in Schwierigkeiten kommst. Sag deiner Mama bitte kein Wort davon! Es ist mir wirklich ernst... Eine komplizierte Sache, deshalb muss das unbedingt unter uns bleiben. Verstehst du?«

Geblendet vom Gegenlicht, konnte ich das Gesicht meiner Tante nicht richtig sehen. Ich schwieg. Ich hatte keine Ahnung, worum es ging, aber eines war mir klar: dass meine Tante, noch viel deutlicher als ich, meine unheilvolle Zukunft geahnt haben musste. In dem Moment wurden wir beide zu Verbündeten.

»Vergiss auf keinen Fall, was ich dir soeben gesagt habe. Und denk daran – du wirst in Sicherheit sein, ob bei mir oder woanders. Wenn was ist, kommst du einfach zu uns. Die Adresse und Telefonnummer hab ich auf einen Zettel geschrieben. Er steckt im Maul dieser Figur«, sagte sie und streckte mir einen seltsamen kleinen Kobold hin, der einem Kappa* ähnelte.

* Japanisches Fabelwesen, das in Flüssen und Sümpfen lebt. (A. d. Ü.)

Den hatte ich an dem Tag beim Spielen im Garten entdeckt und war sofort zur Tante gerannt, um ihr meinen Fund zu zeigen. Die Figur war aus Bronze und recht schwer. Sie war voller Rostflecken gewesen, aber nachdem meine Tante sie beim Plaudern mit Mama ein wenig poliert hatte, glänzte sie wieder. Und tatsächlich, tief im aufgesperrten Maul steckte ein Stückchen Papier. Der Kobold fühlte sich von den Händen der Tante warm an. Ich drückte ihn wie eine Kostbarkeit an meine Brust und ließ ihn dann in dem Täschchen verschwinden, das ich bei mir trug.

Natürlich erzählte ich Mama nichts von alldem. Als sie mich fragte, worüber wir gesprochen hätten, gab ich schnell zur Antwort, die Tante habe mir nur jene kleine Bronzefigur geschenkt. Toll!, sagte Mama, wollte sich aber, zu meiner Erleichterung, die Figur nicht genauer angucken. Von da an trug ich sie stets bei mir. Heimlich, so dass niemand etwas davon merkte.

Nicht lange danach brachen Mama und die Tante den Kontakt zueinander ab, für immer. Mama hatte versucht, mit dubiosen Methoden ihr Geschäft noch mehr anzukurbeln, was meine Tante ablehnte, und das brachte sie auch offen zum Ausdruck. Das Geschäft lief glänzend. Mama stand im Zenit ihrer Macht, sie konnte schalten und walten, wie sie wollte, ohne dass ihr jemand widersprach. Außer meiner Tante. Ich bin sicher, sie hat ihre Bedenken vorsichtig formuliert, aber meine Mutter, die Kritik nicht mehr gewohnt war, wurde so wütend, dass sie ihre Schwester aus der Familie verstieß, mit allen – auch finanziellen – Konsequenzen. Als ältere der Zwillinge fühlte sie sich sowieso im Recht.

Wohl um Shōichi vor Mamas Zorn zu bewahren, ließ die Tante seither nie mehr etwas von sich hören, und auch ich fand letztlich nie den Weg zu ihr.

»Kurz vor ihrem Tod hat Mutter mehrmals gesagt, sie träume immer von Yumiko-chan. Sicher sei ihr etwas zugestoßen … Sie und ihre Schwester hätten zwar miteinander gebrochen, aber die Sache mit Yumiko habe sie ihr ganzes Leben lang beschäftigt. Es tue ihr leid, dich in jenem Elend zurückgelassen zu haben. Jetzt könne sie dich da nicht mehr herausholen, deshalb solle ich mich um dich kümmern; sie bitte mich darum.« Shōichi hielt inne.

»Ich fürchte, auch du wirst wenig ausrichten können«, sagte ich.

»Keine Ahnung, worum es geht, aber wenn ich schon mal hier bin, fahr ich nicht gleich wieder zurück«, sagte er und setzte sich in eine Ecke des Zimmers. Und als habe er es plötzlich aufgegeben, nur die halbe Wahrheit zu erzählen, fuhr er in zutraulichem, entspanntem Ton fort: »Dass ich mich um dich kümmern soll, war ihr letzter Wunsch. Sie sagte, solange ich ihr das nicht verspreche, könne sie nicht in Frieden sterben. Ehrlich gesagt, musste ich mir einiges einfallen lassen, um dich zu finden. Es war nicht einfach.«

Ich dachte an jenen Tag zurück. Als wir feuchte Erde kneteten und Bällchen formten, zwei unzertrennliche, unbeschwert miteinander spielende Kinder.

»Du hast deinen Mutterkomplex nicht überwunden«, sagte ich.

»Wir Männer sind alle gleich«, sagte Shōichi. »Doch abgesehen davon – nach dem Tod meines Vaters hatte ich mir vorgenommen, für Mutter zu sorgen und im Haus, so weit wie möglich, alles selber zu machen. Das tat ich auch recht lange, aber dann fing ich an zu arbeiten, hatte plötzlich keine Zeit mehr. Das bedaure ich im Nachhinein. Deswegen möchte ich wenigstens jetzt Mutters Wunsch beherzigen. Ich habe gar nicht immer nur an ihr gehangen wie ein Schoßhündchen«, sagte Shōichi, ohne zu lächeln oder sonst die Miene zu verziehen. »Ich denke, wie deine Mutter hat auch meine ein ungewöhnliches Leben hinter sich. Mit ihrem Wunsch war es ihr todernst, im wahrsten Sinn des

Wortes. Intuitiv habe ich gespürt, dass ich mich dieser Sache annehmen muss; nicht zuletzt auch, um über mein eigenes Leben Klarheit zu gewinnen.«

Wie offen er redet – also darf ich ihm ruhig auch meine Meinung sagen, dachte ich und legte los: »Und das, obwohl du vorher nie das Bedürfnis hattest, nach mir zu fragen? Obwohl du mich offenbar völlig vergessen hattest? Ich verstehe das nicht.«

»Wenn Mutter sich derart Sorgen macht um Yumi-chan, dann wird das wohl seine Gründe haben, hab ich mir gedacht. Aber ich wollte selber herausfinden: Lohnt sich die ganze Zeit und Energie? So hab ich mich auf die Suche gemacht«, sagte Shōichi.

Das konnte man ein deutliches Wort nennen, wie erfrischend! Im ersten Moment hatte ich mich gefragt, ob seine schon fast schroffe Direktheit nicht vielleicht ein Zeichen mangelnden Taktgefühls war; doch nein, ich bewunderte die Art, wie er mir seine Gedanken mitteilte, wie er es verstand, das Richtige im richtigen Moment zu sagen. Seine Worte waren einfach frei von allem Überflüssigen.

»Für die Pflege meiner Mutter hat mir die Firma ein halbes Jahr Urlaub gegeben. Nun, da Mutter leider schon verstorben ist, wäre es kein Problem, noch eine Weile freizunehmen und wie bisher das

Allernötigste per E-Mail zu erledigen. Eigentlich wollte ich ja ganz aufhören, aber dann haben wir es so eingerichtet, dass ich zurückkommen kann, wann immer ich will. Ich habe hier vor Ort keinerlei Verpflichtungen, als wäre ich auf einer längeren Geschäftsreise im Ausland. Falls ich dennoch nicht mehr für die Firma arbeiten will, hat ein befreundeter Restaurantbesitzer mir einen Job angeboten. Wir sind seit Jahren geschäftlich miteinander in Kontakt. Auch sonst kenne ich einige Leute und brauche mir keine Sorgen zu machen. Zumindest im Moment. Wenn du ein Problem hast, wenn dich etwas plagt, kann ich dir also gern helfen.«

»Warum glaubst du, dass mich etwas plagt? Aber wenn du mir so offen deine Hilfe anbietest, dann tut sich in meinem Herzen schon ein Türchen auf«, sagte ich lachend. In solchen Situationen wurde ich sonst immer ernst, doch diesmal war es anders. »In meinem Zustand kann es nicht schaden, jemanden bei sich zu haben. Nur ein bisschen ruhiger, entspannter werden, das wär schon was. Aber … wenn ich sterben sollte? Was geschieht dann mit mir?«

»Na, hör mal, wie hast du denn bisher gelebt? Doch sicher nicht wie eine Nonne?! Außerdem stirbt man nicht so schnell«, sagte Shōichi.

»Das kann schneller gehen, als man denkt. Wenn es so weit ist.« Wieder musste ich unwillkürlich lachen, obwohl es gar keinen Anlass dazu gab. Aber was mir herausgerutscht war, passte fast zu gut zu unserem Thema.

Mit unverändert ernster Miene antwortete Shōichi: »Ach ja, stimmt. Dass Leute ziemlich schnell sterben können, weiß keiner besser als du. Sorry, war nicht so gemeint.«

»Papa ist nicht mehr in dieser Welt, und die Verbindung zur Verwandtschaft ist gekappt. Für mich ist ›Konami‹ nicht mehr als irgendein gewöhnlicher Familienname. Mir ist der Konamiya egal. Mag dieser Delikatessenladen noch so viel Gewinn abwerfen – auf die Idee, einen Teil vom Kuchen einzufordern, käme ich nie.« Ich lächelte.

»Wie verdienst du denn deinen Lebensunterhalt?«

»Damals war ich gerade so alt, dass ich für mich selbst sorgen konnte, und natürlich hab ich auch ein bisschen was geerbt. Was die Gegenwart betrifft – eine Freundin von mir ist Modedesignerin. Sie hat ein Atelier in Rom, ihre Kollektionen verkaufen sich in Japan ziemlich gut. Weil ich ihr am Anfang ein wenig geholfen hatte, übertrug sie mir die Rechte für Japan. Diese habe ich später weiterverkauft, für einen Betrag, mit dem ich über die Runden komme, wenn ich einigermaßen sparsam lebe. Dann sind da noch zwei nette Männer, die mir ab und zu etwas Geld leihen und bei denen ich auch wohnen kann. Einer von ihnen ist ein reicher Italiener, den ich schon ewig kenne. Er ist älter als ich, alleinstehend und wohnt in der Umgebung von Florenz. Im Notfall kann ich jederzeit zu ihm. Er war früher mal mein Freund, aber heiraten… nein, das wollten wir nicht. Dennoch sehen wir uns regelmäßig; er kommt zu mir, oder ich fahre zu ihm.«

Was ich erzählte, war nicht gelogen. Ich hätte irgendetwas erfinden können, aber ich spürte, das wäre nicht in Ordnung gewesen. Die Wahrheit zu sagen war ein Gebot des Anstands und Respekts meiner Tante gegenüber, die mich bis zu ihrem Tod nicht vergessen hatte.

»Tja, dann kann man dir also gar nicht helfen«, sagte Shōichi.

»So ist es.« Ich lachte.

»Hm, seltsam. Aber warum lebst du denn so zurückgezogen, als würdest du dich vor jemandem oder vor etwas verstecken? Man findet dich ja kaum. Die Verwandten haben alle behauptet, du seist verschollen. Einige wollten nicht mal mit mir telefonieren! Das muss mit jener Geschichte zu tun haben, oder? Wahrscheinlich hatten sie Angst, der Skandal würde erneut hochkochen und ihnen das Geschäft vermiesen.«

»Weißt du, mit Leuten darüber zu reden bringt

nur Unheil. Dabei fühle ich mich, als lösten sich aus der Tiefe meiner Brust schwere, schlammige Klumpen Dreck, ekelhaft. Mir wird so übel, dass ich mich hinlegen muss und einige Tage lang wie gelähmt bin.«

»Vielleicht hat das mit dem zu tun, was meine Mutter zuletzt sagte.«

»Was denn? Was hat sie gesagt?«

Es war dämmrig geworden. Alles um uns herum schien sich aufzulösen. Die Gesellschaft eines Menschen war mir jetzt fast zu viel. Shōichi holte aus seinem Rucksack ein kleines Gerät hervor und drückte den Wiedergabeknopf.

»Was machst du?«, fragte ich überrascht.

»Auch das war ein Wunsch von ihr«, sagte Shōichi.

Aus einem winzigen Lautsprecher ertönte die vertraute Stimme meiner Tante.

Gebannt und voller Wehmut lauschte ich den Worten. Die Welt rückte weg von mir, um mich herum wurde es dunkel. Die Stimme der Tante war schwach und leise, aber ihre Silhouette konnte ich deutlich erkennen.

»Yumiko-chan, wie geht's dir? Es ist so schade, dass wir uns nicht mehr sehen können. Gerne hätte ich dich zu mir geholt, aber es war nicht möglich. Das tut mir wahnsinnig leid. Als deine Mutter starb, warst du in einem hypnoseähnlichen Zustand, und dabei hat man dir alles genommen, was dein Eigen war. Ganz gleich, ob du es überhaupt wieder zurückhaben willst – dein Zustand ist in Wahrheit ein Fluch, der auf dir lastet.

Von diesem furchtbaren Fluch möchte ich dich erlösen. Dein Vater, Yumiko-chan, war ein guter Mensch. Zu gut, muss man leider sagen. In deiner Kindheit war die Welt noch einigermaßen in Ordnung. Ich denke aber, etwas Wichtiges ist später verlorengegangen, sonst würdest du nicht so rastlos in der Welt umherschweifen. Stark, wie du bist, wirst du dennoch deine Freude am Leben haben, ganz gewiss. Wenn du aber zu deinem früheren Ich zurückkehren möchtest, in die Zeit, bevor dieses und jenes geschah, dann lass dir von Shōichi helfen. Vertraue ihm.

Den Fluch deiner leiblichen Eltern von dir zu nehmen ist eine schwierige Aufgabe. An so etwas scheitert fast jeder, mag er noch so stark sein. Wenn dich immer wieder wie aus heiterem Himmel eine unerklärliche Angst überkommt, rührt das von einer tiefen, existentiellen Ungewissheit her. Vielleicht verfluchst du dich manchmal sogar selbst, wer weiß. Ich habe den Kontakt zu deiner Mutter verloren, aber ich wusste alles. Und dennoch habe ich nichts unternommen. Meine Absicht, dich zu mir zu holen, hatte gegen das, was in Wirklichkeit geschah, keine Chance. Umso mehr möchte ich *jetzt* versuchen, dir deine Seele wiederzugeben, dich mit deiner Seele zu versöhnen.

Liebe Yumiko, ich habe nicht mehr die Kraft, dich zu besuchen, und hoffe, dass es Shōichi gelingen wird, den Fluch ein für alle Mal zu bannen. Mehr kann ich nicht tun. Vielleicht ist die Mühe umsonst, aber bitte, überleg dir, ob du Shōichis Hilfe nicht annehmen möchtest.«

Mir lief es heiß und kalt den Rücken hinunter. Ich dachte, was zum Teufel erzählt sie denn da!

Doch ohne mir etwas anmerken zu lassen, sagte ich: »Das klingt ja furchtbar, so bedrückend … Ich weiß nicht, was das soll, tut mir leid. War die Tante kurz vor ihrem Tod nicht vielleicht ein wenig wirr im Kopf?«

»Es schien, als wüsste sie ganz genau, wovon sie redet«, entgegnete Shōichi.

Bei mir rotierten die Gedanken. Was ist denn los mit dieser Mutter und ihrem Sohn, fragte ich mich. Am allerwenigsten aber verstand ich, warum die beiden – auch wenn eine davon schon tot war – ausgerechnet jetzt und mit dieser Vehemenz mich vor etwas retten wollten. Mir kam es vor, als würde mein Leben plötzlich durcheinandergewirbelt und in Unordnung gebracht. Ich fühlte mich belästigt.

»Ich bin mit meinem jetzigen Leben ganz zufrieden. Was habe ich verloren? Nicht mehr als mein altes Zuhause und eine Beteiligung am Konamiya. Aber dem trauere ich nicht nach.« Nach einer kurzen Pause fuhr ich fort: »Apropos, darf ich dich etwas fragen? Wovon lebst du eigentlich? Was du vorhin angedeutet hast, erinnert mich irgendwie an den Konamiya. Das heißt, du arbeitest in einer Firma, die Lebensmittel importiert, verkauft oder vertreibt – so was in der Art?«

»Ich? Wie gesagt, wegen meiner Mutter arbeite ich im Moment gar nicht. Deine Eltern hatten ihr die Leitung einer Konamiya-Filiale überlassen, als das Geschäft immer besser lief. Nach dem Streit mit ihrer Schwester hat sie die Filiale abgegeben und einen eigenen kleinen Laden eröffnet. Der lief nicht schlecht, auch der Handel übers Internet, den ich angestoßen hatte. Zudem importieren wir in Zusammenarbeit mit nicaraguanischen Farmen Kaffeebohnen aus ökologischem Anbau. Hat bisher ganz gut funktioniert.«

»Oh, là, là! Wenn das Mama und ihre Verbündeten zu Ohren gekriegt hätten … Oder haben sie das etwa?«

»Na, du weißt ja, unsere Mütter wollten nichts mehr voneinander wissen, dann sind deine Eltern gestorben, mit deinem Onkel hatte sie sowieso kaum je Kontakt, die Beziehung zum Stammhaus des Konamiya war auch immer schlechter geworden, also werden sie höchstens um fünf Ecken herum davon gehört haben. Übrigens, mein Vater war früher Geschäftspartner vom Konamiya, er hatte eine eigene Firma für den Import europäischer Spezialitäten. Mutters Laden war nur ein Ableger davon, mit der Idee, dass sie nach Vaters Tod die Sache weiterführt, bis ich alt genug bin, um die Firma zu übernehmen. Anders als der Konamiya sind wir aber mehr auf den Verkauf von hausgemachten italienischen, französischen, spanischen und anderen Delikatessen spezialisiert, die man auch gleich da essen kann.«

»Klingt gut, aber was mich jetzt interessieren würde: Euer Geschäft ist im Grunde ein Konamiya-Konkurrent, oder nicht?«

»Ach was, mach dir keine Sorgen. Dass wir mal etwas mit Konamiya zu tun hatten, ist fast vergessen. Wir sind auch nur lokal bekannt. Und obwohl wir neben dem Laden zusätzliche Parkplätze eingerichtet haben, sind wir immer noch sehr klein. Es gibt nur dieses eine Geschäft, mehr nicht.«

Ich wechselte das Thema. »Shō-chan, dein Vater war ein gutaussehender Mann! Ich habe ihn leider nur einmal getroffen.«

»Hm, ja, er war groß und von kräftiger Statur,

außerdem sehr gewissenhaft«, sagte Shōichi. »Er starb, als ich in der Oberschule war. Vielleicht habe ich ihn falsch in Erinnerung, aber ich denke, er war ganz nett, jemand, der sich um seine Familie gekümmert hat.«

»Sag mal, Shō-chan, glaubst du eigentlich an so was wie Flüche oder Verwünschungen?«

»Nein. Mit diesem Kram kann ich nichts anfangen.«

»Ich auch nicht. Aber – und das hat wohl mit dem zu tun, was deine Mutter einen hypnotischen Zustand nannte – Tatsache ist: Ich habe damals so verrückte, unvergessliche Dinge gesehen und gehört, dass sie mich nicht mehr losgelassen, sozusagen Besitz von mir ergriffen haben. Wenn ich es so beschreibe, glaubst du noch immer nicht daran? Seit jenem Vorfall habe ich das Gefühl, dass ich mich nicht mehr wirklich frei bewegen kann; es kommt mir alles vor wie ein Traum, in dem ich renne und renne, ich weiß nicht, wohin. Komisch, aber so ist es.«

»Schlimme Ereignisse haben ihre Wirkung auf Menschen, das geht anderen sicher auch so. Warum hast du damals keine Hilfe gesucht, wo doch meine Mutter sicher etwas für dich hätte tun können?«

Gute Frage: Warum hatte ich nicht zuallererst an die Tante gedacht? Warum nur war ich nicht zu ihr gegangen?, überlegte ich mir, aber die Erinnerung an den entscheidenden Moment war wie vernebelt.

Plötzlich kam mir in den Sinn, dass ich Shōichi noch immer nichts zu trinken angeboten hatte.

An dem Tag hatte ich schon wer weiß wie oft Kaffee zubereitet. Jetzt schüttete ich ein weiteres Mal Kaffeepulver in die Maschine und füllte Wasser nach. Schon nach kurzer Zeit zischte und fauchte es, das Geräusch wühlte die Stille im Zimmer auf. Der duftende Kaffee in den Tassen bewirkte, dass sich auch der letzte Rest Anspannung, der unserem überraschenden Wiedersehen noch anhaftete, verflüchtigte. Draußen war es fast dunkel geworden.

»Tja, dann fahren wir jetzt zu dir nach Hause. Irgendwie zieht es mich dahin«, sagte ich und nahm einen Schluck Kaffee. »Dort ist es wohnlicher als hier, es gibt mehr als nur ein Zimmer und sicher auch ein Bad mit einer anständigen Badewanne?«

»Gibt es, wenn dir Nasu nicht zu weit ist«, sagte Shōichi lächelnd. »Ah, du kennst dich mit Kaffee aus. Schmeckt wunderbar!«

»Wir haben offenbar beide das Feinschmeckergen unserer Eltern geerbt. Eine missratene Brühe erkennt man ja schon an ihrem Geruch oder spätestens beim Einschenken. Die Bohnen sind vom besten Café hier in der Umgebung. Da ich keine Kaffeemühle habe, lasse ich sie mir gleich dort mahlen. Wie du weißt, muss gemahlener Kaffee schnell aufgebraucht werden. Wenn ich nach Tōkyō zurückkomme, gehe ich immer zuerst in dieses Café, um Bohnen zu kaufen. – Sag mal, du bist doch mit dem Auto gekommen, oder?«

»Klar. Ach ja, wenn du zu mir nach Hause kommen möchtest – kein Problem. Hast du das wirklich ernst gemeint?«

»Aber ja! Nimm mich bitte mit. Ich hab auch wieder mal Lust, Auto zu fahren«, sagte ich und fügte hinzu: »Ich fühle mich immer besser!«

»Dann gut«, sagte Shōichi.

Und so begann ich beschwingt, Kleider für ein paar Tage in die Reisetasche zu packen.

Shōichi nippte ruhig an seinem Kaffee. Es war jetzt ganz dunkel geworden. Die Nacht drängte ins Zimmer, zusammen mit der kalten Luft. Am Himmel zeigte sich der klar und hell leuchtende Mond.

»Ich möchte auch meine Musik mitnehmen. Hast du vielleicht ein Kabel, mit dem ich den iPod ans Radio anschließen kann?«, fragte ich.

»Hab ich«, antwortete Shōichi vergnügt.

»Shō-chan, ist es wirklich okay, wenn ich zu dir nach Hause komme? Hast du keine Freundin? Wartet niemand auf dich?«

»Ich hatte jemanden. Sie verließ mich, während ich meine Mutter pflegte.«

»Ach so. Aber dann war es wohl eh die Falsche«, versuchte ich Shōichi zu trösten. Gab es denn etwas Wichtigeres, als seiner tapfer kämpfenden, geliebten Mutter in der letzten Zeit ihres Lebens beizustehen?

»Krankenpflege ist eigentlich nichts anderes, als für den Kranken da zu sein, das heißt, bei ihm zu sein«, flüsterte Shōichi. »Deshalb konnte ich Mutter nicht allein lassen, und Ausreden erfinden wollte ich auch nicht. Am Anfang hat sie noch öfter mit mir am Krankenbett ausgeharrt. Es herrschte keine schlechte Stimmung, und ich kann auch nicht sagen, dass ich dieses Mädchen nicht geliebt hätte, im Gegenteil.«

»Also ich wäre nach Italien oder so verreist, um für meinen übermüdeten, mitgenommenen Freund Energie zu tanken.« Ich lachte.

»Du willst ja nichts von mir, also kannst du das locker sagen«, erwiderte Shōichi.

Das mochte zwar zutreffen, dennoch war diese Antwort furchtbar einfallslos. Was für ein langweiliger Kerl!, dachte ich. Voller Unternehmungslust lasse ich mich mitreißen, und dann benimmt er sich so. Aber egal, ich wollte mir die Stimmung nicht verderben lassen und freute mich auf die willkommene Abwechslung.

In geradezu euphorischer Stimmung sagte ich

meiner Wohnung adieu und schloss ab. Wann würde ich wiederkommen? Ich war unruhig und unzufrieden gewesen, immer auf der Suche nach etwas, begleitet von diesem Gefühl zu frösteln. Und jetzt … Mein Herz hüpfte vor Aufregung.

Ich war bereit, in ein Flugzeug, ein Auto oder in einen Zug zu steigen. Es würde mich von meinen nagenden Gedanken ablenken und mir helfen, dieses ständige Getriebensein zu vergessen.

Allerdings mag ich nur den Anfang einer Reise. Rückt der Zielort näher, wird es mir immer ein bisschen mulmig. Denn wenn man ankommt, erwartet einen, ob man will oder nicht, eine andere Welt. Man taucht in einen Gefühlswirbel, verursacht von verschiedensten Menschen. Die Dynamik des Ortes nimmt einen je länger je mehr gefangen, man nimmt Eindrücke auf und wird zugleich von ihnen überwältigt. Ein Zeichen von Leben, gewiss, doch gerade *weil* es so ist, mochte ich es nicht.

Dank unserer besonderen Beziehung fühlte ich mich bei meinem Cousin aber viel geborgener als bei irgendeinem anderen Menschen. Wir teilten etwas, das unabhängig war von der Zeit, die wir real miteinander verbrachten oder verbracht hatten, und auch unsere Körpersprache zeigte da und dort Gemeinsamkeiten. Es war, als spielte jenes dunkle Etwas in mir die gleiche Melodie, die ich bei ihm vernahm.

Unterwegs, auf der Autobahnraststätte in Sano, schlangen Shōichi und ich eine Nudelsuppe hinunter. Es wimmelte von Menschen.

Was die wohl so machen? Woher sie kommen und wohin sie gehen? All die fahlgesichtigen Erwachsenen und Kinder, die unter dem Licht der Neonröhren mit ihren Nudelsuppen beschäftigt waren … Ich konnte mir nicht vorstellen, dass diese Leute ein normales, geregeltes Leben führten. Wie hilflos herumirrende Zombies, die einander nie wieder begegnen würden. Seltsam … War das so, weil die Leute hier nicht etwa ihrem Abflug entgegenfieberten, sondern am Boden kleben blieben? Weit mehr als auf einem Flugplatz war in dieser Raststätte das Gewicht der Welt geradezu mit Händen zu greifen.

Doch noch während ich mich diesen trüben Gedanken hingab, spürte ich, wie die Suppe in meinem Magen den ganzen Körper erwärmte. Ah, die Lebensgeister erwachen wieder, dachte ich erleichtert.

Voller Tatendrang übernahm ich das Steuer. Zuerst hatte ich einige Mühe, das Auto zu beherrschen. Schweigend konzentrierte ich mich aufs

Fahren. Als ich mich endlich sicher fühlte und etwas sagen wollte, merkte ich, dass Shōichi neben mir tief und fest schlief.

Er hatte lange Augenwimpern, dieser Cousin, von dem ich kaum etwas wusste, der aber sicher viel mehr Lebenserfahrung hatte als ich und viel bodenständiger war... Es kam mir eigenartig vor, ihn so schlafend neben mir zu sehen. Als wären wir schon seit langem zusammen unterwegs. Sein Pullover roch genau so, wie es bei ihm zu Hause gerochen hatte. Am liebsten hätte ich mein Gesicht in diesen Pullover vergraben. Ich traute dem Geruch sogar zu, die Vergangenheit wiederaufleben zu lassen, wenn er nur lange genug um mich herum sein würde. Ach, wie gern wäre ich wieder das kleine Mädchen im Garten meiner Tante... Wie schön wäre es, das Leben noch einmal leben zu können, aber diesmal anders... Ich wünschte es mir so innig und leidenschaftlich wie schon lange nichts mehr.

Als wir bei der Ausfahrt von Nasushiobara die Autobahn verließen, war die Luft plötzlich viel frischer, es roch nach Erde, nach Gras. Sterne glitzerten am Himmel. Ich stellte die Musik ab, öffnete das Fenster und atmete tief die kühle, feuchte Luft ein.

»Äh, haben wir die Autobahn schon verlassen?

Dann fahr einfach mal geradeaus«, sagte Shōichi schläfrig.

»Hat dich die kalte Luft geweckt? Sorry. Ich hab das Navi hier, schlaf ruhig noch ein bisschen«, sagte ich.

»Ich glaube, so gut wie eben habe ich schon lange nicht mehr geschlafen. Aber es ist okay. Ich bin wieder ganz munter. – Während der Pflege meiner Mutter war an richtigen Schlaf nicht zu denken. Da ihr Zustand sich jederzeit ändern konnte, schlief ich nur kurz und angespannt. Als das Ende nahte, hielt ich immer Mutters Arm. Ich dachte, so spüre ich jede Regung, selbst wenn ich vor Müdigkeit einschlafen sollte. Anders als bei Kranken, die wieder gesund werden, ist das Warten auf eine Veränderung, die doch nur den endgültigen Abschied näher bringt, schon sehr deprimierend.«

»Für jemanden, der keine Geschwister hat, muss es besonders hart sein, all dies allein durchzustehen.«

»Eine Tante väterlicherseits, die lange bei uns gearbeitet hatte, und auch ihre Tochter haben mir sehr geholfen, vor allem tagsüber. Das war eine große Entlastung.«

»Läuft das Geschäft gut?«

»Nicht schlecht. Jedenfalls steht es auf einigermaßen soliden Beinen. Auch wegen der vielen Ferienhäuser in der Gegend. Besonders an den Wochenenden, im Frühling und Sommer, wenn die Leute zur Erholung aufs Land fahren, ist einiges los bei uns. – Aber wie das Geschäft *deiner* Eltern lief… erstaunlich«, wechselte Shōichi plötzlich das Thema.

Als ich klein war und meine Eltern die Leitung des Konamiya übernahmen, führten sie es zu einem derartigen Erfolg, dass sogar die Medien davon berichteten.

Wie in einem Rausch stürzten sich die Leute auf die Waren, es bildeten sich lange Schlangen, so dass im Eiltempo neue Filialen eröffnet wurden. Und sobald der Run etwas nachzulassen begann, wurde das Angebot um neue, nicht mal sonderlich originelle Produkte wie Schokolade in Ziergläsern oder thailändische Nudelsuppen erweitert, die sogleich wieder zu heißbegehrten Rennern wurden.

Es hieß, dieser sagenhafte Erfolg habe mit Mamas okkultischen, hellseherischen Kräften zu tun. Das Gerücht verbreitete sich wie ein Lauffeuer und kurbelte den Verkauf noch zusätzlich an.

Das Haus, in dem ich aufwuchs, war eine Neureichenvilla im westlichen Stil, mit vielen Zimmern und einem Salon fast so groß wie ein Festsaal, und natürlich hatten wir auch ein Hausmädchen. In meinen schmucken Kleidern sah ich aus wie eine

Puppe. Das Abendessen wurde an einem langen Tisch eingenommen, in dessen Mitte stets eine Silberschale mit Früchten stand. Im Kreis der Familie saßen wir an dem Tisch und bekamen serviert, was unser Koch zubereitet hatte. Ich, das einzige Kind in der Runde, verstand rein gar nichts von den endlosen Gesprächen über die Arbeit, die Papa, Mama, ihr jüngerer Bruder und dessen Frau zu führen pflegten, weshalb ich nur daran dachte, möglichst schnell fertigzuessen. Statt gelangweilt am Tisch zu sitzen, wollte ich lieber mit dem Hausmädchen spielen.

»Mag sein, aber Glück hat es uns nicht gebracht«, erwiderte ich. »Mama, eigentlich aus gutem Haus, hat in die Konami-Familie eingeheiratet und, na ja, offen gesagt, Papa übers Ohr gehauen und mit Hilfe ihres Bruders fast die ganze Verantwortung für das Geschäft an sich gerissen. Sie war geldgierig, keine Frage. Ich denke, der Laden läuft jetzt auch nicht schlecht, aber so wie damals… nein. Um Geld zu scheffeln wie meine Mutter, muss man schon einen Knall haben.«

»Ich war nur einmal, bei der Party anlässlich der Geschäftsübernahme, bei dir zu Hause. Ich war noch zu klein und erinnere mich nur vage, aber das Haus war riesig. Ich fühlte mich wie in einem Labyrinth. Steht es immer noch leer? Oder nutzt man es inzwischen wieder, als Geschäft oder Warenlager?«

»In diesem Haus sind Menschen umgebracht worden. Lange hat sich niemand in die Nähe gewagt. Aber ich glaube, es bestehen Pläne, das Haus für die Herstellung eigener Produkte oder so was zu nutzen. Vielleicht ist ja alles schon realisiert. Als Geschäft wäre es viel zu weit vom Bahnhof entfernt. Keine Passanten, kein Umsatz. Wie die Gegend dort jetzt aussieht, weiß ich nicht. Aber was soll's, mit der Sache habe ich sowieso nichts mehr zu tun.«

»Entschuldige, eigentlich wäre es zuerst an mir gewesen, dir mein Beileid auszusprechen. Ich dachte nur an meine Mutter und hab den Tod deiner Eltern völlig vergessen«, sagte Shōichi.

»Schon gut, ist ja lange her«, sagte ich.

Wir schienen unserem Ziel jetzt nahe zu sein. Das Navigationssystem zeigte auf einen Punkt etwas abseits der Bundesstraße. Immer dichter wurden die Bäume um uns, immer vernehmbarer ihr Rascheln und Rauschen.

Dem Navi folgend, bogen wir in eine dunkle Straße ein. Nur vereinzelte Wochenendhäuser gab es, sonst nichts.

»Da! Das zweite Haus, das grüne«, sagte Shōichi. Am Eingang brannte ein Licht. Die Hauswand dahinter schimmerte sattgrün im Dunkel.

»Auf dem Parkplatz steht schon ein Auto. Kann ich den Wagen davorstellen?«, fragte ich.

»Kein Problem. Normalerweise kommt er woandershin, aber für den Moment ist es okay. Ich parke dann später um«, sagte Shōichi.

An seiner Antwort konnte man die gute Erziehung erkennen. Wenn ich daran dachte, in welchen Verhältnissen ich aufgewachsen war, wurde mir schwindlig, als wankte der Boden unter meinen Füßen.

Ich hielt den Wagen an und stieg aus. Der Himmel war mit Myriaden von Sternen übersät. So wie sich diese Lichter ihren Weg durchs All bahnten, so stiegen aus meinem Innern, obwohl ich gar nichts fühlte, Tränen auf. Es mag übertrieben klingen, aber in dem funkelnden Lichtermeer wollten meine Augen fast ertrinken.

»Herrlich frische Luft, und der würzige Geruch von Wald und trockenem Gras ...«, sagte ich.

»Stimmt, wenn man von Tōkyō kommt und aus dem Auto steigt, ist das der erste Gedanke«, sagte Shōichi.

Mein ganzer Körper erschauerte, als würde er in etwas Klares, Reines getaucht.

Gestern noch in einer Stadt mit endlosen Taxischlangen, überfüllt von Menschen, die auch spätnachts die Straßen bevölkerten – und jetzt plötzlich an einem solchen Ort … Freudig schien mein Körper auf den Wechsel zu reagieren, ihn willkommen zu heißen. Mein Körper, er allein ist mein wahrer Freund, dachte ich. Ist mit mir, wo auch immer ich bin.

Im Schein der Eingangslampe schloss Shōichi die Tür auf, machte Licht und sagte: »Bitte!«

»Wenn ich darf …« Leise trat ich ein in das mir altvertraute Haus.

Es war alles wie früher, die Zeit schien kaum Spuren hinterlassen zu haben. Bis in den hintersten Winkel war die Hingabe zu spüren, mit der die Tante das Haus ordentlich und sauber gehalten hatte. Auch sonst gab es manches, was mich an sie erinnerte. Obwohl das Haus sparsam eingerichtet war und Zimmerschmuck fast völlig fehlte, wirkte es nicht trostlos. Das pure Gegenteil von meiner Mama, dachte ich. Es ist einfach, Verstorbene in den Himmel zu loben oder sie zu verdammen, und es bringt auch nichts, Vergleiche anzustellen und zu bedauern, dass man das falsche Los gezogen hat; aber warum die Tante sich von allem, was mit dem großen, berühmten Konamiya zusammenhing, so mühelos trennte – das verstand man sofort, wenn man dieses einfache, schlichte Haus sah mit seiner gemütlichen Atmosphäre.

Ursprünglich von den gleichen dunklen Mächten besessen wie Mama, hatte meine Tante mit allen Kräften versucht, diese Mächte zu bändigen und in dem Haus hier ihr Leben so zu gestalten, wie sie es für gut und richtig hielt. Es war sicher nicht einfach, denn warum sollte nur sie ein Engel sein? Als Zwillingsschwester von Mama, mit derselben ungeheuerlichen Vergangenheit.

»Seit Mutter gestorben ist, kommt das Putzen etwas zu kurz, aber fühl dich trotzdem wie zu Hause«, sagte Shōichi.

Ich stellte mein Gepäck aufs Sofa.

»Wo ist der Hausaltar?«, fragte ich.

»So was gibt es nicht. Mutter gehörte ja keiner Religion an. ›Ein höheres Wesen anbeten? Nein danke‹, hat sie immer gesagt.« Shōichi lachte.

»Gibt es denn keinen Ort hier, wo man ihrer gedenken kann?«

»Na ja, in Mutters Zimmer hab ich was Kleines hergerichtet, mit einem Foto und Blumen. Willst du es sehen?«

»Es geht mir nicht ums Sehen – für sie beten möchte ich.«

Ich folgte Shōichi. Tatsächlich: Auf einem kleinen Tisch neben dem Bett standen ein Foto der Tante – ihr sympathisches Gesicht strahlte noch mehr Wärme und Tiefe aus, als ich es in Erinnerung hatte –, Blumen, ein Glas Wasser sowie eine Bienenwachskerze. Auch die Halskette mit dem Smaragd und der Fingerring fehlten nicht, ihr Lieblingsschmuck.

»Sie hat es sich so gewünscht«, sagte Shōichi.

»Kein Ziegenkopf oder umgekehrter Fünfzack, keine Kerze mit mysteriösen Zeichen drauf, obwohl sie doch auf einer Hexenschule war«, sagte ich überrascht und erleichtert zugleich.

Derlei Dinge waren in meinem Elternhaus allgegenwärtig gewesen.

»Du guckst zu viele Filme, was? Normalerweise beschäftigt man sich in Hexenschulen mit weißer Magie. Das hat mit diesen Teufelsdingern nichts zu tun. Aber… Es ist mir fast ein wenig peinlich, schau mal hier: Kristallstab, Wünschelrute…« Mit einem Gesicht, das alles sagte, deutete er auf eine Ecke des Tischchens.

Da lagen, zum Teil aus schönen, farbigen Steinen gefertigt, allerlei Utensilien, wie ich sie noch nie gesehen hatte. Unwillkürlich musste ich lachen.

»Deine Bemerkung eben fand ich ziemlich lustig.«

Ich kniete mich nieder, legte meine Hände aneinander und flüsterte: »Danke, dass Sie mich nicht vergessen haben, vielen, vielen Dank.« Aus der Tiefe meines Herzens tauchte mit einem strahlenden Lächeln das Gesicht der Tante auf und erlosch wieder.

Zurück im Wohnzimmer, fühlte ich mich von einer großen Ruhe erfüllt. Auch in diesem Haus hatte sich offenbar einiges abgespielt.

»Hast du was zu trinken? Ein Bier oder so? Ich hab Durst.«

»Guck mal im Kühlschrank, und nimm dir, was du magst«, sagte Shōichi.

»Und du?«, fragte ich.

»Ich wollte gerade grünen Tee machen. Hast du keine Lust?«

»O ja, gern, den kann ich ja dazu trinken.«

»Hm, komischer Mix. Dein Magen wird sich wundern«, sagte Shōichi lachend, während er den Teekessel unter den Wasserhahn hielt.

Das Rauschen des Wassers hatte etwas Wohltuendes, Entspannendes. Ich spürte, wie die Stimmung auftaute – als würde das ganze Haus aus der Totenstarre zu neuem Leben erwachen. Ich öffnete den Kühlschrank, schnappte mir eine der Bierdosen, die dort in Reih und Glied standen, wählte aus dem Geschirrregal das Glas, das am ehesten für Gäste gedacht war, schenkte mir ein und nahm einen kräftigen Schluck. Als das Bier durch meine Kehle rann, fühlte sich das so gut an wie eben draußen, beim Einatmen der kühlen, frischen Luft. Langsam wich die Benommenheit von der langen Autofahrt aus meinem Körper.

»Ich hätte da einen Pyjama von Mama. Natürlich gewaschen, aber vielleicht ist es dir unangenehm?«, sagte Shōichi.

Wie nett von ihm, dachte ich. Und das, obwohl ich mich geradezu aufgedrängt hatte.

»Unangenehm, nein. Aber so was Intimes kann man doch nicht einfach…«, sagte ich.

»Warum nicht? Ich bin sicher, es würde sie freuen. Auch wenn Mama ein schwieriges Verhältnis zu deiner Mutter hatte – dich mochte sie sehr«, sagte Shōichi.

»So denken Männer vielleicht«, sagte ich. »Aber ich vermute, mit der Vorstellung, dass jemand nach ihrem Tod ihren Pyjama trägt, hätte sie wohl Mühe gehabt. Selbst bei einer noch so geliebten Person.«

»Ich weiß nicht… Mir wäre egal, was nach meinem Tod geschieht. Außerdem hat sie mir deutlich gesagt, was sie will und was sie nicht will.«

»Shō-chan, leih mir einfach eine Trainingshose von dir. Kann ich heute Nacht auf dem Sofa schlafen?«, fragte ich, während ich meinen Kopf auf das weiche Lederpolster sinken ließ.

»Eigentlich haben wir Vaters Zimmer für Gäste eingerichtet. Ich muss aber noch ein wenig Staub wischen und lüften«, sagte Shōichi.

»Das kann ich gut selber machen, danke«, sagte ich, noch immer etwas schlapp von den drei Stunden im Auto, und legte meine Beine auf das Sofa. Zum Glück schien Shōichi dem keinerlei Beachtung zu schenken. Seit langem wieder einmal konnte ich mich richtig gehenlassen, fühlte ich mich so frei und ungezwungen, wie es nur in der eigenen Familie möglich ist.

Etwas ungeschickt goss er den Tee auf. In der Zeit, als seine Mutter noch lebte, hat er das wohl nie selber gemacht, dachte ich.

Er war wirklich zu beneiden. Wie ich damals schon, als wir zusammen im Garten spielten, geahnt hatte, war sein Leben anders verlaufen als meines, ganz anders. Er konnte sich auf festen, sicheren Boden unter den Füßen verlassen, bei mir war alles wackelig und unsicher. Mein ganzes Leben lang hatte ich verzweifelt versucht, irgendwie, irgendwo Halt zu finden. Der Unterschied zwischen seinen und meinen Eltern war nur zu deutlich. Während Mama ihre Kräfte dazu nutzte, möglichst viel Macht über andere Menschen zu erringen, versuchte Shōichis Mutter diese Kräfte zu zähmen und erschuf sich so eine völlig andere, auf innere Werte gerichtete Welt.

Aber nicht nur das. Mama opferte für ihre Zwecke sogar ihr eigenes Kind, und ich konnte nichts dagegen tun. Es war eine Katastrophe.

Sicher waren beide Frauen fest davon überzeugt gewesen, in ihrem Leben das einzig Richtige zu tun; aber was am Ende dabei herauskam! Wie Tag und Nacht. Nachdenklich ließ ich meinen Blick durch das Zimmer schweifen.

Die Einrichtung des Hauses war das Werk von jemandem, der keine fixe Vorstellung hatte, sondern offen und empfänglich war für Verschiedenes und es mit Liebe und Sorgfalt pflegte. Sogar die Topfpflanzen schienen mir versichern zu wollen, wie gut man sich um sie gekümmert habe. Dieses Haus wirkte keineswegs wie ein Kerker voller Erinnerungen.

Das Leben nimmt seinen Lauf, und irgendwann kommt der Tod – alles hier schien diese Anschauung geteilt und das Entstehen und Vergehen als etwas Natürliches akzeptiert zu haben. Auch jetzt erfüllte das ruhige Dahinfließen den ganzen Raum, gab mir ein Gefühl von Sicherheit und Geborgenheit.

Von der ungewöhnlichen Vergangenheit der Tante war hier so gut wie nichts zu spüren. Wie war es nur möglich, dass die gleiche Vergangenheit bei meiner Mutter zu einer Katastrophe geführt hatte …

»Soll ich den Tee aufgießen?«

»Wieso denn? Mach ich was falsch?« Shōichi lachte.

»Kochend heißes Wasser reinschütten – bitte nicht!«

»Spielt doch keine Rolle, wenn du Bier dazu trinkst, oder?«

Ist eh zu spät, dachte ich und lächelte.

Wie vorauszusehen war, schmeckte der Tee bitter.

Ich holte noch ein Bier, was mich selbst erstaunte.

»Darf ich von dem essen?« Ohne die Anwort abzuwarten, nahm ich den Blauschimmelkäse aus dem Kühlschrank. Im Vergleich zu dem, was man in japanischen Haushalten normalerweise vorfindet, handelte es sich um einen Käse von recht guter Qualität. Zuerst war ich überrascht, aber dann fiel mir ein, ach so, ich lege ja auch Wert auf guten Kaffee, und außerdem haben die wie wir ein Importgeschäft. Dass sich unsere Familien in dem Punkt so ähnlich waren, irritierte mich.

Plötzlich sah ich, für den Bruchteil einer Sekunde, mich als Kind, wie ich vor unserem Kühlschrank stand. Ja genau, gab es da nicht immer viele leckere Sachen, die ich noch nirgends sonst gesehen hatte? Und hatte mir Papa aus dem Ausland nicht immer diese Schachteln voller bunter Süßigkeiten zum Naschen mitgebracht? Das fand ich natürlich toll, und Mama sagte lächelnd: ›Die isst du aber nicht alle aufs Mal, verstanden?‹ Ach, wie lange hatte ich mich nicht mehr an früher erinnert.

Auch in meinem Leben hatte es eine glückliche Zeit gegeben. Doch dann ereigneten sich viele unvorhergesehene Dinge, und ich vergaß jene Zeit, als meine Eltern nur für mich, ihr Ein und Alles, dagewesen waren, und die der Kühlschrank, der auch ohne Hausherrin friedlich seinen Dienst verrichtete, nun plötzlich wieder in mir wachrief.

Es war schon spät, wir wollten beide schlafen gehen. Morgen war ja auch noch ein Tag. Wir würden uns viel zu erzählen haben.

Shōichi ließ mich zuerst ins Bad. In einer richtigen Wanne wie hier, wo man die Beine ausstrecken konnte, hatte ich lange nicht mehr gebadet. Ich öffnete das große Fenster und ließ noch mehr heißes Wasser in die Wanne. Ich fühlte mich wie unter freiem Himmel. Silbrigweiß glitzernde Sterne, dunkle, mächtige Schatten der umliegenden Berge … Es war wundervoll.

In Italien gab es nur eine kleine Wanne, und meine Wohnung hatte gar keine. Was für ein Glück, hier zu sein, sagte ich in Gedanken zu meiner Tante im Himmel. Ich bin euch so dankbar, dass ich dieses Bad genießen darf und dass ihr mich nicht vergessen habt.

Ich dachte an Italien und wurde ganz nostalgisch. Jenes riesengroße, schneeweiß gekachelte Badezimmer mit Klo und Bidet … Von der Elektroheizung beim Fenster stieg warme Luft auf, und durch die weißen Gardinen hindurch konnte man den Olivenhain sehen. Verglichen mit der Größe des Raums war die Badewanne geradezu absurd klein. Wenn ich mich dort hineinzwängte, kam ich mir viel fülliger vor, als ich in Wirklichkeit war.

Kühle, von Feuchtigkeit gesättigte Abendluft strich über meine glühenden Wangen. Ich fühlte mich pudelwohl. Mir war, als täte die frische Luft meiner Haut viel besser als jedes noch so teure Wunderwässerchen, als würde die Ruhe dieses schönen Abends bis in die Poren meiner Haut dringen. Wie mochte wohl der Ausdruck meines Gesichts auf die Tante im Himmel wirken? Liebenswürdig? Bemitleidenswert? Das Gesicht einer Frau wie mir, die vor der Vergangenheit flieht, ziellos durch die Welt schweift – muss so ein Gesicht nicht irgendwo auch von Armseligkeit und Verlogenheit gezeichnet sein?

Eine ganze Stunde lang aalte ich mich im heißen Wasser, schwitzte wie ein Weltmeister. Dann wickelte ich mich in ein weiches, für Gäste bereitliegendes Frottiertuch, das sicher noch meine Tante gewaschen hatte, und verließ das Bad.

Indem du dieses Frottiertuch benutzt, nimmt der Alltag im Haus wieder seinen Lauf, und die

Tante entfernt sich ein Stückchen mehr von uns. Das schmerzt. Eine andere Stimme in mir aber sagte: Lass es doch gut sein. Es ist besser, die Sachen fleißig zu benutzen, dieses Haus wieder mit dem Jetzt zu versöhnen. Meinst du nicht?

Ich bat Shōichi um einen Lappen, öffnete das Fenster im Gästezimmer, klopfte da und dort den Staub ab, und als gut durchgelüftet war, stellte ich die Heizung an und kroch ins Bett.

Lieber Gott, ich danke dir für das Obdach. Ich danke dir für den heutigen Tag, den du mir geschenkt hast.

Seit ich allein war, betete ich jeden Abend vor dem Einschlafen.

Shōichi wird sicher nicht über mich herfallen und es wohl auch in Zukunft nicht tun, so anständig, wie er ist, dachte ich ruhig und schlief bald ein.

Entgegen meiner sonstigen Gewohnheit wachte ich früh auf, weil das Sonnenlicht durch einen Spalt zwischen den Gardinen direkt auf mein Gesicht fiel.

Zwischen den Häusern schimmerte – noch immer um diese Jahrezeit – das Grün der Berge. Kein Auto war zu hören. Die Morgenluft fühlte sich so frisch an, dass ich mich fragte, ob ich wirklich in Japan war.

Ich atmete tief ein … Nein, es roch ganz anders als in der Toskana, nach feuchtem, moosigem Grün. Ein kräftiger Wind blies, als wollte er die Bäume kahlfegen, doch die hatten noch genug Saft in den Ästen. Erst im Winter würde die Natur wie ausgelaugt sein und der Geruch von knisternder Trockenheit die Luft erfüllen.

Lange nicht mehr hatte ich die Stimmung dieser Jahreszeit so intensiv erlebt. Das melancholische Licht, die Ruhe, die über allem lag … Gebannt schaute ich aus dem Fenster, gab mich ganz der Magie des Morgens hin.

Nichts schien sich bewegen zu wollen, kein Anzeichen von Erwachen weit und breit, keine Menschenseele, die nach Aufbruch verlangte. Eine seltsame Stimmung, als gäbe es Schönheit allein nur im Vergehen. Gewiss, Kinder würden zur Welt kommen und alte Menschen sterben, Geschäfte auf- und wieder zumachen, gewiss würde die Zeit Veränderungen mit sich bringen; doch seltsamerweise konnte man davon nichts spüren, so ruhig war es rings um mich herum.

Wenn ich an Shōichi und seine Mutter dachte, die in dieser beschaulichen Gegend verwaister Wochenendhäuser ihr Leben verbracht hatten, wurde ich wieder ein wenig eifersüchtig. Welch starke, unverwüstliche Liebe musste, wie eine süße Frucht, mit jedem Tag und über Jahre hinweg hier herangereift sein; eine Liebe so stark, dass sogar der Tod sie nicht zu zerstören vermochte.

Obwohl ich das Gästezimmer am Vorabend einigermaßen saubergemacht hatte, lag noch immer viel Staub herum. Vielleicht weil es lange nicht mehr benutzt worden war? Der Staub wurde von dem kalten Wind, der zum Fenster hereinblies, aufgewirbelt und schillerte in allen Regenbogenfarben.

Vom unteren Stock her waren Geräusche zu hören. Shōichi war offenbar auch schon aufgestanden. Bestimmt sorgte er im Haus auf ähnliche Weise für Ordnung, wie es die Tante gemacht hatte. Was für ein Traumsohn, dachte ich. Im Gegensatz zu mir hatte er gelernt, auf eigenen Füßen zu stehen, mit den Anforderungen des Lebens zurechtzukommen.

Kaffeegeruch durchzog das Haus. Ich ging die Treppe hinunter.

»Guten Morgen!«, sagte ich.

»Morgen! Hast du gut geschlafen?«, fragte Shōichi.

»Danke, sehr gut«, antwortete ich.

»Möchtest du Kaffee?«

»Ja gern.«

Jetzt, bei Tageslicht, wirkte das kleine Wohnzimmer noch einmal anders als am Vorabend. Was genau den Unterschied ausmachte, war schwer zu sagen, aber irgendwie harmonierte alles miteinander. Mochte die Welt in Bewegung sein und sich stetig ändern – dieser Ort war wie eine Oase, in der die Zeit stillstand. Frisches Pflanzengrün schmückte den Raum, auf die einfache, aber ordentlich und sauber gehaltene Kücheneinrichtung fiel helles Morgenlicht. Der Tisch, auch er blitzsauber, war leer. Dennoch strahlte alles Wärme und Behaglichkeit aus. Ich lehnte mich an das Sofa, genoss die Stimmung. Was musste es für eine Freude gewesen sein, Tag für Tag an diesen Ort zurückzukehren, ein Zuhause zu haben, das wie ein Kunstwerk nur mit unendlicher Ausdauer und Liebe zu dem werden konnte, was es war.

Anders als der Tee schmeckte Shōichis Kaffee köstlich.

»Ah, dieser Kaffee«, sagte ich. »Weder zu stark geröstet noch säuerlich im Geschmack, dafür süß und sämig.«

»Wir verkaufen ja auch Kaffeebohnen. Und achten nicht weniger auf Qualität als ihr. Aber diese Bohnen sind nicht aus unserem Laden, sondern von *shozo,* einem Café in der Nachbarschaft. Ich glaube, Mutter und ich haben uns am meisten gefreut, als dieses Café aufmachte. Die Leute, die dahin gehen, kommen nämlich oft auch zu uns.

Schöner Synergieeffekt.« Shōichi lachte mit einem Anflug von Stolz.

Sein kräftiger, runder Rücken erinnerte mich an seinen Vater, dem ich früher ein- oder zweimal begegnet war.

»Wie schön, hier zu sitzen und einen Kaffee zu trinken«, sagte ich.

»Meine Mutter würde sich freuen, das zu hören«, sagte Shōichi. »Dieses Heim war ihr Nest oder ihre Festung, je nachdem.«

»Kein Wunder, sie musste ja auch innerlich kämpfen. Wäre es anders gewesen, hätte sie wohl nicht so viel Energie darauf verwendet, sich diesen Ort zu erschaffen«, sagte ich. »Was Mama getan hat, geht einem nicht mehr aus dem Kopf, und ein Mensch wie deine Mutter hätte unmöglich bis zum Tod einfach nur gleichgültig weiterleben können.«

»Dabei haben sich die beiden früher so gut verstanden«, sagte Shōichi. »Aber ich frage mich wirklich, warum deine Eltern auf diese Art sterben mussten. Hat es sich denn nicht irgendwie angekündigt?«

»Ich kann mich an kaum etwas erinnern. Na ja, vielleicht will ich mich auch gar nicht erinnern. Jedenfalls war es ziemlich verrückt, doch da sich die Sache schleichend entwickelt hat, ahnte niemand etwas. Höchstens vielleicht deine selige Mutter.

Die meisten Leute, die Mama um sich scharte, waren ja keine Verwandten. Die dachten sich wohl, wenn was schiefläuft, hauen wir ab. – Sag mal, hatte unsere Oma, die Mutter von deiner und meiner Mama, nicht eine religiöse Sekte gegründet?«

»Ja, das hab ich auch gehört. Schon als Kind sollen sie gezwungen worden sein, an irgendwelchen obskuren Ritualen teilzunehmen«, sagte Shōichi. »Aber meine Mutter hat kaum jemals über diese Zeit gesprochen.«

In meinem Kopf leuchtete es blitzartig auf. Ah, mir ist, als würden alte Erinnerungen wach, Erinnerungen, die ich nicht wahrhaben wollte … Der Boden unter meinen Füßen schien zu wanken. Mich packte die Angst. Verzweifelt versuchte ich mich auf die Gegenwart zu konzentrieren, auf das, was ich Shōichi sagen wollte.

»Großmutter hatte offenbar einen Draht zu esoterischen Dingen. In Turin besuchte sie doch diese Schule für weiße Hexen – ich glaube, sie hatte sogar ein Diplom. Nach und nach reicherte sie ihr Wissen mit neuen Ideen an und entwickelte so eine eigene Religion.«

»Hm, aber warum haben unsere Mütter diese Religion nicht angenommen? Opa hat sich deswegen von Oma getrennt, so viel weiß ich, aber was war mit den Kindern?«, sagte Shōichi.

»Das weißt du nicht?«, fragte ich überrascht.

Shōichi schüttelte den Kopf – vollkommen ahnungslos, wie es schien.

»Wie bei meiner Mama soll auch bei einer ihrer Séancen etwas schiefgelaufen sein«, sagte ich und wählte dabei meine Worte mit Bedacht. »Damals wollte Oma einen guten Geist herbeirufen. Ob so was überhaupt möglich ist, sei dahingestellt, und ob es an Oma lag oder an der negativen Energie der Anwesenden, kann ich auch nicht beurteilen. Jedenfalls ging die Sache schief, und statt des guten erschien ein böser Geist. Und weil die Leute an Geister glaubten – sonst würden sie ja nicht an einer solchen Veranstaltung teilnehmen –, nahm dieser böse Geist von ihnen Besitz und verwandelte sie in eine verrückte Meute. Kurze Zeit später waren sie alle tot. Gruppenselbstmord. Oma beteuerte, sie habe doch nur verhindern wollen, dass sich das Böse weiter in der Welt ausbreitet… Es soll ihr letztes Wort gewesen sein.

Ich habe ›Gruppe‹ gesagt, aber es waren offenbar nicht mehr als fünf Leute. Na ja, das sind auch genug.

Meine und deine Mama hatten sich in einem Schrank versteckt und alles mit ansehen müssen. Als die Polizei sie entdeckte, hielten sie sich eng umklammert und zitterten am ganzen Leib. Natürlich wurde Omas Sekte aufgelöst, und die Zwillingsschwestern kamen zur Beobachtung in eine private Nervenklinik, die kurioserweise von einem Anhänger der Sekte geführt wurde. Dort blieben sie, wie ich gehört habe, eine ganze Weile. Wohin es die beiden nach der Entlassung verschlug, weiß ich nicht, aber ich kann mir vorstellen, dass sie eine Zeitlang zusammenblieben, vielleicht auch vorübergehend bei Opa wohnten. Wie gesagt, das ist nur eine Vermutung. Irgendwann haben beide dann geheiratet. Deine Mama ihren Mann, und meine Mama, allerdings schon viel früher, Papa.«

»Was, das hat meine Mutter wirklich erlebt?! Dass sie durch Omas ungewöhnlichen Tod einen Schock erlitt und in einer Klink war, ist mir nicht ganz neu, aber was du da erzählst, ist ja der reine Wahnsinn!«, sagte Shōichi. »Das bedeutet, deine Geschichte hat mit meiner viel mehr zu tun, als ich geglaubt habe.«

»So ist es«, sagte ich. »Du weißt ja wohl von gar nichts… Offenbar wollte deine Mutter unbedingt vermeiden, dass du etwas erfährst.«

Da er auf meine Worte hin nur schwieg, nahm ich seine Hand und drückte sie.

Es wäre ein Wunder, dachte ich, wenn jenes Ereignis nicht auch Shōichis Existenz überschatten würde. Es ist besser, Licht ins Dunkel zu bringen.

Nur so kann er Klarheit in seinem Leben gewinnen.

»Das Band zwischen Mama und der Tante war deswegen so stark, weil die beiden damals, als sie zur Beobachtung in die Klinik gebracht wurden, total aufeinander angewiesen waren und sich nach Kräften unterstützten. Der Tante schien das Leben dort besser zu gelingen als Mama, die ihre Schwester dafür bewunderte und sich folglich noch mehr an sie klammerte. Dank ihr schaffte sie es mit Müh und Not, über das Unglück hinwegzukommen. Als Mama noch normal war, erzählte sie mir oft, wie schwach und nichtig sie sich neben ihrer starken, stolzen Schwester gefühlt habe.

Mama erwähnte nebenbei auch, dass sie nach der Entlassung aus der Klinik mit deren Leiter eine Beziehung angefangen und vor der Heirat eine Weile bei ihm gewohnt habe. Ich vermute aber, die beiden hatten auch nach Mamas Heirat mit Papa etwas miteinander.

Diesen damals schon älteren Mann habe ich mehrmals getroffen. Unter dem Vorwand, er sei ein guter Freund, der ihr früher sehr geholfen habe, besuchte Mama ihn regelmäßig, und manchmal nahm sie mich mit. Wenn ich jetzt daran zurückdenke, geschah dies wohl nicht nur zum reinen Vergnügen. Die beiden erschienen mir eher wie ein unglückliches Paar, das seine beste Zeit hinter sich hatte, und trotzdem kam einer vom andern nicht los. Vor allem er. Zwar spürte ich, wie er sich wehrte, aber gegen Mamas unbändiges Temperament konnte er nichts ausrichten. Sie zog ihn an wie Motten das Licht.

Über die Beziehung zwischen ihr und meiner Tante hat Mama gesagt: ›Zwillinge müssen einander nur anschauen, um zu wissen, was die andere denkt oder wie sie sich fühlt. Damals in der Klinik waren wir am Anfang unfähig zu reden. Wir lagen nur auf dem Bett oder fuhren mit unseren Rollstühlen in den Garten, obwohl wir das Sonnenlicht kaum ertrugen. Doch wenn wir uns in die Augen sahen, fühlten wir eine tröstliche Kraft, als würde uns das Gegenüber zurufen: Nicht aufgeben, das Leben geht weiter! Atsuko war schön wie eine Göttin und wahnsinnig stark. Ich wollte auch so werden wie sie, aber alles, was ich tat, war vergebens.‹«

Als ich innehielt und Shōichis Blick suchte, hatte er Tränen in den Augen.

»Warum hat mir Mutter von alldem nie was erzählt?«

Ich sagte: »Jener Minderwertigkeitskomplex ihrer Schwester gegenüber war wohl der Keim dessen, was Mama später in den Wahnsinn trieb. Die Tante war viel besonnener, gelassener. Deswegen war es ihr trotz ähnlicher Veranlagung möglich, diese dunkle, zerstörerische Seite in sich nicht die Oberhand gewinnen zu lassen.

Dein Vater hat wahrscheinlich auch nichts gewusst. Dass sie darüber nicht reden wollte, sehe ich als Zeichen ihrer Liebe. Selbst wenn sie etwas gesagt hätte – was hätte es gebracht? Sie wollte niemanden mit reinziehen, wollte die Vergangenheit Vergangenheit sein lassen und mit euch glücklich werden.«

»Aber dann verstehe ich nicht, warum sie sich solche Sorgen um dich gemacht hat. Vergisst alles, auch dich, und kurz vor dem Tod erinnert sie sich plötzlich wieder«, entgegnete Shōichi.

»Ich hab mal von gewissen Geheimmethoden gehört, die nur unmittelbar vor dem Tod funktionieren. Vielleicht hat die Tante auf diesen Moment gewartet?«, sagte ich. »Aber, seltsam …«

Wieder hatte ich das Gefühl, als drängte sich von weit her etwas Wichtiges in mein Bewusstsein zurück. Doch zugleich schwirrte mir so viel anderes durch den Kopf, dass mir alles durcheinandergeriet und ich am Ende etwas sagte, was ich gar nicht sagen wollte: »Wer weiß, vielleicht wollte sie mit meiner Hilfe für Mamas Seelenfrieden beten und so versuchen, sich mit ihr zu versöhnen?«

»Nein, das glaube ich nicht«, sagte Shōichi. »Mutter ist nicht eine, die lügt oder etwas anderes sagt, als sie denkt. Sie sagte, sie wolle *dir* helfen, *dich* retten. Deine Mutter hat sie mit keinem Wort erwähnt.«

»Hm, dann müssen wir eben noch ein wenig weitergrübeln«, sagte ich.

»Was könnte ich denn für dich tun«, sagte Shōichi nachdenklich.

»Das hängt davon ab, wie die Tante mich retten wollte«, antwortete ich.

»Diese ›Geheimmethode‹, von der du gesprochen hast – was ist das eigentlich?«

»Kurz vor dem Sterben soll man sich in einer Art Traumwelt befinden, die das Diesseits mit dem Jenseits verbindet. Nur in diesem Moment sei es möglich, mit den Personen, die man noch einmal sehen möchte, Kontakt aufzunehmen. Das hab ich allerdings nur gehört und nicht selber erlebt. Wie denn auch. Abgesehen davon hab ich nie an so etwas geglaubt, noch hat es mich je interessiert.« Ich lachte.

»Dass einem so was Verrücktes überhaupt zu Ohren kommt«, sagte Shōichi.

»Muss nicht sein, finde ich auch. Aber wegen solcher Verrücktheiten sterben Menschen. Jemand geht ins Ausland, um dieses bekloppte Zeugs zu lernen, kehrt nach Japan zurück, infiziert damit die gesamte Umgebung, und am Ende sind mehrere Leute tot, meine Eltern inklusive. Wie kann man nur so doof sein!«, sagte ich.

»Wir könnten ja zu deinem Elternhaus fahren. Was meinst du?«

»Wenn ich daran denke, schaudert es mich.«

»Vielleicht ist noch etwas zurückgeblieben. Ein böser Geist oder so. Dem sollten wir dann ein für alle Mal den Garaus machen. Aber es stimmt mich selber traurig, dass mir nichts anderes in den Sinn kommt«, sagte Shōichi mit ernster Miene.

Wie er sich um mich bemühte… Ich war gerührt. Und obwohl ich so wenig von ihm wusste, wurde er mir immer sympathischer. Wenn er unbedingt möchte, kann ich ihn schon an jenen Ort begleiten, sagte ich zu mir selbst. Warum auch nicht? Ist ja alles lange her.

»Die Geschichte hat sich wiederholt, wie ein Fluch, den man nicht mehr los wird. Wenn Mama noch lebte, würde sie sicher behaupten, ihr sei der Geist, den ihre Mutter gerufen habe, in die Quere gekommen. Bei ihr ging's ja auf ähnliche Weise schief. Aber meiner Meinung nach war es einzig und allein Mamas Wahn, der zu dem Unglück führte.«

»Du meinst das Unglück, bei dem deine Eltern starben, nicht wahr?«

»Davon müsstest du ja gehört haben, trotz der Familienfehde. Mitten in der Séance drehte meine Mama durch, sie schrie, Vater sei von einem bösen Geist besessen, und stach mit dem Messer auf ihn ein. Von den drei anwesenden Personen waren zwei ein Ehepaar – mein Onkel und seine Frau. Die liefen hilferufend weg, als es brenzlig wurde, wie auch unser Hausmädchen. Aber da war noch eine Frau. Sie hat Mama daran hindern wollen, sich auf Papa zu stürzen. Es kam zu einem Gerangel, bei dem die Frau am Hals verletzt wurde, zum Glück nicht lebensgefährlich. Sie soll aber einen Schock erlitten und jahrelang mit den Folgen gekämpft haben. Was aus ihr geworden ist, weiß ich nicht.

Dann hat Mama sich selbst die Kehle durchgeschnitten.

Im Gegensatz zu den Zwillingen ist mir der Anblick erspart geblieben; ich hatte mich in meinem Zimmer eingeschlossen. Dennoch war es ein Schock. Gerne wüsste ich, was weiter passiert ist, aber ich kann mich an nichts erinnern.

Wahrscheinlich hat sich die Geschichte auch in diesem Punkt wiederholt, und ich wurde wie unsere Mütter in jene Klinik gebracht und musste Tabletten schlucken … Vielleicht hab ich deswegen alles vergessen?

Wie du dir vorstellen kannst, gab es dort Leute,

die behaupteten, das Unglück müsse mit dem Fluch zu tun haben, der noch von unserer Großmutter herrührt. Absoluter Blödsinn.

Jedenfalls, als ich wieder draußen war, hatten die Konamis und mein Onkel alles unter sich ausgemacht. Mir blieb weder eine Beteiligung am Geschäft noch das Haus. Nichts. Ich möchte gar nicht daran denken, aber es würde mich nicht wundern, wenn dem Klinikleiter ein Schweigegeld bezahlt worden wäre, damit er vor mir die Klappe hält.

Unter irgendeinem Vorwand wurde mir dann doch eine bescheidene Abfindung überwiesen. Ansonsten kümmerte sich die Verwandtschaft einen Dreck um mich, ja man tat so, als würde ich für sie gar nicht mehr existieren. Großvater war schon lange tot, und sonst gab es niemanden, der mir nahegestanden hätte. Welche Verwandte ich auch anrief, nie war jemand erreichbar, nie wollte jemand mit mir reden. So machte ich mich eben auf und klopfte beim Onkel keck an die Tür, mit dem Ergebnis, dass sie mir vor der Nase zugeschlagen wurde. Womöglich hat man mich, obwohl es mir psychisch gar nicht so schlecht ging, nur in eine Nervenheilanstalt gesteckt, um mir eventuelle Erbansprüche vorzuenthalten«, sagte ich.

»Du hättest doch zu uns kommen können, gerade in deiner Situation. Zwar hatten wir keinen

Kontakt mehr zu euch, was aber nicht heißt, dass du meiner Mutter gleichgültig gewesen wärst. Eine Frechheit, wie man dich behandelt hat. Wenn du mit Hilfe eines Anwalts versuchen würdest, wenigstens einen Teil von dem, was dir zusteht, zurückzuholen? Damals warst du noch klein, aber jeder hat doch seine Rechte, oder? Ich will für dich tun, was ich kann«, sagte Shōichi.

»Nicht nötig, wirklich. Ich wollte nur weg, weit weg von allem. Das war mein einziger Gedanke. Und wahrscheinlich der Grund, warum ich mich nicht bei der Tante gemeldet habe. Ich fand ja auch bei jemandem Zuflucht, und mein Leben ›danach‹, so wie ich es mir eingerichtet habe, gefällt mir trotz mancher Schwierigkeiten besser als das Leben ›davor‹. Ich möchte mit alten Familiengeschichten nichts mehr zu tun haben. Wenn du mir einen Job bei euch anbieten würdest, zum Beispiel in der Buchhaltung, würde ich mit Vergnügen zusagen; aber wenn mir jetzt jemand das Horrorhaus meiner Eltern vererben wollte, würde ich das auf der Stelle ablehnen. Nein danke.« Ich lachte. Was Shōichi sich alles überlegte, um mir zu helfen … Er meinte es wirklich ernst.

»Schön, dass du deine eigene Vorstellung vom Leben hast«, sagte er.

»Ich bin, wie ich bin. Ich habe meine Art, zu

fühlen und zu denken. Es gibt keinen Grund, sich zu beklagen«, gab ich zurück.

Daraufhin schwiegen wir und tranken unseren lauwarmen, süßen Kaffee, während wir beobachteten, wie draußen das Licht mit den Blättern der Bäume spielte. Hell und Dunkel formten schöne Muster. Sie tanzten auf und ab, hin und her.

Die Zeit der Kindheit schien wieder lebendig geworden zu sein. Zwei Menschen, die sich eigentlich nicht aus den Augen verlieren sollten, Kinder von Zwillingen, die das Schicksal erst zusammengeschweißt und dann getrennt hatte… Ich hatte mich an jenem Tag nicht getäuscht, damals, als wir zusammen im Garten spielten. Es war von Anfang an klar, dass wir getrennte Wege gehen würden. Weil etwas, was er hatte, mir fehlte.

Selbst wenn ich eine tolle Familie hätte und achtzig Lebensjahre geschenkt bekäme – würde meine Traurigkeit von mir weichen? Nein, dachte ich, wohl nie.

Etwas, was ich mal hatte, war nicht mehr da. Daher rührte meine Traurigkeit. Aber mit dieser Erfahrung war ich sicher nicht allein. Kein Mensch, der in seinem Leben nichts verliert.

»Wohin gehen wir? Was schlägst du vor?«, fragte Shōichi.

»Okay, dann lass uns zu meinem Elternhaus

fahren. Versuchen wir's.« Kaum hatte ich das gesagt, rollten mir Tränen über die Wangen. Was, du weinst?, dachte ich überrascht. Es geschah so unkontrollierbar, wie einem plötzlich Speichel aus dem Mund oder Rotz aus der Nase läuft.

Shōichi schaute mich regungslos an. Stumm, ohne ein Wort. Er schaute einfach, als wäre das die einzige Möglichkeit, Gutes zu tun – nicht wegschauen.

»Ich… Wenn du nichts dagegen hast, würde ich gern auch jene Klinik besuchen, in der meine Mutter gewesen sein soll«, sagte er.

»Bitte verschone mich damit.«

»Schon gut, war nur ein Vorschlag. Du kannst tun und lassen, was du willst, für immer und ewig.«

»Für immer und ewig… Klingt nicht gerade tröstlich.« Ich lachte.

»Der Klinikleiter, ist das immer noch der Typ, der was mit deiner Mutter hatte?«

»Ich denke schon. Allerdings bei seinem Alter… Die Klinik, eine umgebaute Villa, befindet sich in einem ruhigen Wohnviertel von Matsunami.«

»Und die Nachbarn? Waren die nicht dagegen?«

»Na ja, das Haus steht mitten auf einem bewaldeten Grundstück. Wenn sich da ein paar Irre tummeln, stört das die Anwohner kaum. Und Leute, die nicht dort wohnen, meinen wahrscheinlich, es handle sich um einen privaten Park, ein Konsulat oder so was. Abgesehen davon scheint die Klinik wirklich nur für eine kleine Zahl von Patienten eingerichtet zu sein.«

»Ach, diese reichen Leute finden immer was. Geld macht alles möglich, sagt man doch. Bis zu einem gewissen Grad stimmt das sicher.«

»Das hat meine Mama auch geglaubt. Deshalb wollte sie mehr und mehr davon. Sie heiratete einen reichen Geschäftsmann, wohnte in einem Palast. Tatsächlich hat sie erreicht, was sie wollte. Aber am Ende bezahlte sie es mit ihrem Leben.« Ich lachte. Konnte nicht anders als lachen.

»Also, in etwa einer Stunde fahren wir los«, sagte Shōichi.

»So schnell? Wo wir doch gerade erst hierhergekommen sind. Ich wäre gern in einen Onsen* gefahren … Sag mal, Shō-chan, wo übernachtest du eigentlich in Tōkyō?«

»Bei dir.«

»Woran denkst du! Mach keinen Scherz!«

»Die eigene Cousine anzubaggern erfordert ziemlich viel Mut. Den hab ich aber nicht. Sei beruhigt.«

* Heiße Quelle. Meist in traditionellem japanischem Stil gehaltene Unterkunft, wo man/frau baden und sich kulinarisch verwöhnen lassen kann. Japanische Form von Wellness. (A. d. Ü.)

»Das hab ich doch nicht gemeint. Muss es denn wirklich meine enge Bude sein?«

»Tja, dann ein Hotelzimmer.«

»Na, das klingt schon viel besser. Und bitte auch ein Zimmer für mich. Ich freue mich schon. Fast wie Sommerferien!«

»Es ist aber eher Herbst, wenn nicht sogar Winter.« Shōichi lachte. »Jetzt versteh ich. Du langweilst dich in Tōkyō und willst nur nicht allein sein, oder?«

»Bingo! Normalerweise lebe ich ja in Italien. Wenn ich nach längerer Zeit wieder mal in Japan bin, komme ich mir vor wie Urashima Tarō*«, sagte ich und lächelte. »Außerdem, wenn wir diese traurigen Orte nun wirklich besuchen, muss ein bisschen Spaß schon sein. Sonst würde ich es nicht

* Urashima Tarō ist der Held einer japanischen Legende, die im 8. Jh. erstmals auftauchte und in zahlreichen Versionen überliefert ist. Einer gängigen Version zufolge sieht der Fischer Urashima eines Tages, wie Kinder eine Schildkröte quälen. Er befreit die Schildkröte aus der Not, worauf sie ihn als Dank zum Meerdrachenschloss führen will. Dort angekommen, wird Urashima von der Prinzessin freundlich aufgenommen. Aber Urashima bekommt bald Heimweh und möchte wieder nach Hause. Die Prinzessin versucht ihn davon abzubringen – ohne Erfolg. Zum Abschied überreicht sie ihm ein Kästchen mit den Worten, dass er es niemals öffnen dürfe. Als Urashima nach Hause kommt, findet er weit und breit keinen Menschen, den er kennt. Alles ist ihm fremd. Verwirrt öffnet er das Kästchen. Rauch quillt heraus und verwandelt ihn in einen Greis. Während der wenigen Tage im Drachenschloss waren auf der Erde 700 Jahre vergangen. (A.d.Ü.)

ertragen. Nimm ein möglichst großes, geräumiges Zimmer, und in einem neuen Hotel, ja?«

»Haha, wie ein Kind, das sich was zum Geburtstag wünscht.«

»Überrascht dich das bei jemandem, der in null Komma nichts erwachsen werden musste? Am liebsten wäre ich doch noch ein Kind!«

Meine Erinnerung neigte zur Sprunghaftigkeit und war alles andere als zuverlässig, aber wenn ich mich nicht täuschte, musste ich nach der Entlassung aus der Klinik erst lernen, mich allein in der Welt zurechtzufinden. Ich hatte kein Zuhause, und die mehrfachen Telefonate mit meinem Onkel, den ich wegen der Erbangelegenheit um Hilfe bitten wollte, führten auch zu nichts. Dennoch taten mir der Onkel und seine Frau leid; sie hatten zwar überlebt, waren aber verstört und litten unter Panikattacken. Sie hatten das Vertrauen in sich und in die Zukunft verloren. Daher gab ich es auf, sie weiter zu bedrängen. Mit Haut und Haar hatten sie sich einer verrückt gewordenen Frau verschrieben, waren ihr blindlings gefolgt, wohnten sogar mit ihr unter einem Dach, um gemeinsam Profit zu machen. Und das, obwohl sie ursprünglich einfache, bescheidene Leute gewesen waren … Aber das Geld, das Mama scheffelte, raubte ihnen den Verstand.

Erst mal ging ich zu meinem Freund nach Italien.

Ich lebte bei seiner Familie, und als Gegenleistung half ich auf dem Bauernhof mit. Es tat mir gut, langsam kam ich wieder zu Kräften. Wenn ich nach Japan zurückfuhr, wohnte ich in einem kleinen Apartment, das den Eltern einer Freundin gehörte. Eine Sprachschule besuchte ich nicht. Ich war, weil Mama es so wollte, auf die Amerikanische Schule gegangen und konnte Englisch. Mein Freund, der kaum Englisch konnte, gab sich alle Mühe, mir Italienisch beizubringen. Ins Bodenlose fiel ich also nicht, musste aber schnell lernen, selbständig zu werden. Es geht nicht anders, wenn man anderen Leuten auf der Pelle sitzt.

»Außerdem, bei einem Cousin darf man sich ja ein bisschen gehen lassen.«

»Na klar. Wenn es dir guttut, ist es auch für meine Mutter gut. So viel hab ich inzwischen gelernt.«

Shōichi strahlte übers ganze Gesicht – ein Prinz aus einem Mädchenmanga. Ah, hinreißend, dachte ich, wie im Traum!

Immer wenn wir von einem Menschen oder einem Ort Abschied nehmen müssen, wenn wir jemandem – auch uns selbst – etwas Unschönes sagen müssen, frage ich mich: Wäre das Leben nicht viel einfacher, wenn alles wie im Traum geschehen würde, wenn wir die Zeit wie im Traum erleben könnten? Ist es nicht das, was die Menschen sich insgeheim wünschen?

Shōichi und ich verstanden uns gut. Ich fand seine Art sehr angenehm, und das Gleiche dachte er wohl auch von mir. Ich war überzeugt, dass es so bleiben würde.

Obwohl ich mich kaum mehr an die Klinik erinnern konnte, fühlte ich mich wie gelähmt, als ich vor dem Tor stand. Ein Zaun so hoch wie eine Schlossmauer, Bäume und dichtes Laub versperrten den Blick auf das Haus, von dem gerade noch das grüne Dach zu sehen war. Eine Art Schleier legte sich über mich und vernebelte mein Bewusstsein. Komisch, dass ich noch immer so empfindlich war, so leicht durcheinandergeriet. Ich glaubte, das längst überwunden zu haben, und jetzt verstand ich ein wenig besser, warum meine Tante sich Sorgen gemacht hatte. Zum ersten Mal.

War ich wirklich hier gewesen? Ich konnte es beim besten Willen nicht sagen.

Die Patienten durften offenbar nur im inneren Bereich des Gartens spazieren, der von der Straße her nicht einzusehen war. So bekamen die Anwohner außer Angestellten kaum jemanden zu Gesicht. Die Gartenanlage war ziemlich weitläufig und gut gepflegt. Man hatte nicht den Eindruck, dass die

Patienten sich hier eingesperrt fühlen mussten. Es gab einen großen Mimosenbaum, auch eine Gruppe Ginkgos. Auf einmal erinnerte ich mich wie von fern an diese Landschaft, an den typischen Geruch der Ginkgonüsse.

Shōichi gab am Telefon die Namen unserer Mütter an, fragte, ob noch jemand da arbeite, der die beiden von früher her kenne, und, wenn ja, ob es möglich wäre, diese Person zu treffen. So eine Person gebe es tatsächlich, berichtete mir Shōichi, sie sei sofort einverstanden gewesen und wolle uns empfangen.

Kaum hatten wir auf den Klingelknopf gedrückt, öffnete ein junger Mann in einem blütenweißen Kittel die mächtige Holztür. Ich kannte nur diesen einen Ort hier, aber ich fragte mich, wie viele ähnliche Kliniken, die zwar rechtmäßig betrieben wurden, aber nur für gewisse Krankheiten und für eine gewisse Klientel gedacht waren, es in der Welt wohl geben mochte. Wahrscheinlich mehr, als man glaubte. So eine Art moderner Luxuskerker, ging es mir durch den Kopf.

»Herr Takahashi, nicht wahr? Bitte, kommen Sie herein.«

Ich kannte den Mann nicht. Wahrscheinlich hatten die meisten Angestellten in der Zwischenzeit gewechselt. Nur der lange Linoleumflur kam mir irgendwie bekannt vor. Auch die Fenster, die so gemacht waren, dass man die Gitter nicht auf Anhieb erkennen konnte, aber bald merkte, wozu die barocken, aus Eisen geschmiedeten Verzierungen da waren ... Das fast vollständige Fehlen von Spiegeln, die elektrische Schiebetür zum Trakt der geschlossenen Abteilung ... Langsam begann ich mich an all diese Dinge zu erinnern, die in einer gewöhnlichen Klinik eher unüblich waren.

Im Hauptgebäude, so wurde uns erzählt, waren die leichteren Fälle untergebracht, Patienten, die ihre Alkohol- oder Medikamentensucht kurierten und nur wenig Betreuung brauchten.

Ohne dass man uns die Klinik weiter gezeigt hätte, wurden wir in ein geräumiges Empfangszimmer gleich neben dem Eingang geführt. Wir setzten uns. Hatte ich auf so einem Ledersofa nicht schon mal gesessen? Oder bildete ich mir das nur ein? Ich senkte den Kopf. Das Gefühl totaler Niedergeschlagenheit, Hilflosigkeit – hatte ich das nicht hier, auf diesem Sofa, empfunden? Ich konnte es nicht mit Sicherheit sagen. Ein schaler, metallischer Geschmack lag auf meiner Zunge, mein Mund war wie ausgetrocknet.

War ich wirklich, wie vermutet, eine Zeitlang hier gewesen? Oder konnte ich es nur nicht mehr von dem unterscheiden, was ich von Mama gehört hatte? Vielleicht hatte ich auch nur Mama hierherbegleitet, wenn sie ihren Klinikleiter treffen wollte?

Meine Erinnerung war nebulös. Handelte es sich dabei um ein sogenanntes Trauma? War es wirklich in Ordnung gewesen, dass ich all die Jahre so gedankenlos dahingelebt hatte? Alle möglichen Fragen bedrängten mich und wühlten mich auf.

Aber ich tröstete mich damit, dass Shōichi bei mir war und sich anscheinend an das meiste erinnerte, das wichtig war. Ich konnte mich auf ihn verlassen.

Eine junge Frau, die wohl im Büro arbeitete, servierte uns Schwarztee in weißen Porzellantassen. Dazu ein paar exquisite Kekse. Wortlos und mit einer Miene, die verriet, wie irritiert er war, blickte Shōichi sich um.

Kein Wunder, dachte ich. Seine Mutter hat hier einen Teil ihrer Jugend verbracht und im Garten von der Welt da draußen geträumt. Dieser elegante, mit viel Geld hergerichtete Ort ließ zwar nichts zu wünschen übrig, aber eine starke, standhafte Frau wie Atsuko sollte tatsächlich einmal hier gewesen sein? Ich konnte es ebenso wenig glauben wie Shōichi.

Auch wenn er schwieg, wusste ich genau, was Shōichi fühlte. Und sicher weiß er, wie ich mich fühle, dachte ich. Das Sofa war schmal, unsere Knie berührten sich leicht. Eine Wärme, die uns gegenseitig Kraft spendete, erfüllte unsere Herzen. Im Haus war es totenstill, die Schallschutzfenster schluckten jeglichen Laut. Das Einzige, was in dieser ungewohnten Leere den Sinnen Nahrung bot, war das üppige Gartengrün und die Geborgenheit, die es ausstrahlte.

In jenem Moment wären wir am liebsten für immer so zusammengeblieben. Wie glückliche Kinder, die einander nicht von der Seite weichen. Wie damals … Als ich Shōichi von der Seite ansah, schaute er mir in die Augen und nickte schweigend. Ach, das hatte ich mir jetzt gewünscht – dieses aufmunternde, einvernehmliche Zunicken. Ich nahm einen Schluck Tee und fühlte, wie er mich von innen her wärmte. Diese Stille … Würde sie doch ewig andauern!

Doch nicht lange, und es klopfte an die Tür, und eine Frau mittleren Alters trat herein.

Als ich ihr Gesicht sah, dachte ich: Was ist denn das? Ist das nicht unser Hausmädchen? Das sich während der Séance gerade noch rechtzeitig davongemacht hat? Sie war doch keine Krankenschwester oder Ärztin … Je mehr ich versuchte, mir das Gesicht zu vergegenwärtigen, desto mehr vernebelte es sich, bis ich am Ende gar nichts mehr sah.

Wie groß der Schock damals für mich gewesen sein musste, wurde mir in Momenten wie diesem bewusst. Ich tat mein Möglichstes, um mir alles Bedrohliche vom Leib zu halten, als ginge es mich nichts an; das hieß aber auch, dass sich mir die Erinnerungen eisern verweigerten.

»Ich heiße Kojima und bin die stellvertretende Leiterin der Klinik. Früher war ich hier Krankenschwester. Entschuldigt bitte, außer mir und dem Chef ist niemand mehr da aus jener Zeit. Der Chef, aus Gewohnheit nenne ich ihn immer noch so, hat sich inzwischen aber zurückgezogen und steht uns jetzt in beratender Funktion zur Seite. Sein Sohn hat die Nachfolge übernommen. Leider ist er heute abwesend, bei einer Fachtagung.«

»Kein Problem. Ich wollte nur mal die Klinik besuchen, in der meine verstorbene Mutter eine Weile gelebt hat. Das reicht mir vollkommen«, sagte Shōichi. »Mit meiner Cousine reise ich ein wenig herum und besuche jene Gegenden, zu denen sie eine gewisse Beziehung hatte.«

Geschickt formuliert und nicht gelogen, dachte ich.

Frau Kojima richtete ihren Rücken kerzengerade auf und nickte. »Mein tiefstes Beileid … Wie eure Mütter sich damals gegenseitig unterstützt haben, das war schon sehr eindrücklich. Der Chef, ach, jetzt hab ich wieder Chef gesagt, erzählt noch heute oft davon. In diese Klinik kommen nur selten junge Leute, und viele bleiben längere Zeit hier, daher gibt es wenig Wechsel. Wohl auch deshalb sind ihm die beiden so in Einnerung geblieben. Damals waren wir noch jung, der Chef und ich.«

Diese Frau hatte mit unserem Hausmädchen offenbar gar nichts zu tun … Ich brachte alles durcheinander, was für ein Chaos! Aber es machte mir keine Angst. Vielmehr war es, als würde sich mein Ich allmählich auflösen, ein wunderschönes Gefühl grenzenloser Freiheit.

»Und was war mit mir? Ich kann mich leider kaum erinnern«, fragte ich scheinbar arglos.

»Ach so, ja … Die Mutter von Herrn Takahashi sah ich nach der Entlassung nie mehr, aber da Ihre Mutter zum Chef eine engere Beziehung hatte, kam sie mit Ihnen öfter hierher. Während der Treffen haben Sie sich immer gelangweilt und sind im Garten spazieren gegangen, deshalb hatte ich kaum Gelegenheit, mit Ihnen zu sprechen. Sie waren ein kluges, junges Mädchen. Und jetzt, Yumiko, ist aus Ihnen eine erwachsene Frau geworden«, sagte Frau Kojima lächelnd.

Ich bin also doch nicht als Patientin in dieser Klinik gewesen, dachte ich erleichtert und dankbar zugleich, denn es sah nicht so aus, als würde die

Frau mich anlügen. Tja, wo war ich denn gewesen in jener Zeit? Es wollte mir einfach nicht in den Sinn kommen. So fing ich sogar an zu glauben, es wäre damals gar nichts Ungewöhnliches passiert.

»Das Unglück mit Ihrer Mutter hat auch dem Chef zugesetzt. Es ging ihm nicht so gut.«

Ich musste mich beherrschen, um nicht laut herauszulachen, so diplomatisch war das ausgedrückt. Es gab wohl niemanden, der nicht über das Verhältnis von Mama mit dem Klinikleiter Bescheid gewusst hätte. Gerade deswegen war es nicht einfach, den richtigen Ton zu treffen. In Wahrheit hatten meine und Shōichis Mutter das Leben des Klinikleiters nicht nur verändert, sondern total durcheinandergebracht. Das war nicht übertrieben.

Fetzen bitterer Erinnerung kehrten nach und nach in mein Bewusstsein zurück. Was ich hier vernahm, hatte ich doch schon von Mama gehört ... Ich erinnerte mich jetzt, als wäre es gestern gewesen.

Mama hatte mir unter anderem von einer Patientin erzählt, die stets in bester Laune mit der Kojima geplaudert habe, während diese sie selbst – bewusst oder unbewusst – gemieden habe. Das habe sie sehr verletzt.

Die Tante machte sich nichts daraus, sie war nicht der Typ, den so etwas verunsicherte, doch meine Mutter fühlte sich offenbar wie eine Aussätzige, mit der niemand in Berührung kommen wollte. Sie fand, dass an diesem Ort die Patienten nicht alle gleich behandelt wurden. So fing sie an, die junge Kojima zu hassen.

Mama war ein extrem verletzlicher Mensch gewesen, dachte ich.

»Wie war denn meine Mama im Vergleich zur Tante? War sie ein schwieriger Mensch?«, fragte ich. »Oder anders gesagt, konnten Sie sich damals vorstellen, dass sie eines Tages so etwas anrichten würde?«

Frau Kojima überlegte. »Hm, ich weiß nicht …« Dann sagte sie: »Mir fiel immer auf, dass die beiden, obwohl sie verbal nicht miteinander kommunizierten, keineswegs darunter zu leiden schienen. Sie lebten in ihrer eigenen Welt, und ich hatte das Gefühl, es ist besser, wenn man nicht daran rührt. Natürlich kommt Ähnliches immer mal wieder vor bei unseren Patienten, aber die beiden umgab eine so aufgeladene Aura, fast sprühten die Funken! Es freut mich für Sie, Yumiko, dass es Ihnen heute gut geht. Für ein Kind mit einer Erfahrung, wie Sie und Ihre Mutter sie gemacht haben, ist es nicht einfach, unbeschadet darüber hinwegzukommen.

Ihre Mütter schienen stumm gegen etwas anzukämpfen, was sie tief im Innern quälte und ihnen keine Ruhe ließ. Gleichzeitig waren sie sehr stark und wollten unter keinen Umständen, dass dieser Kampf nach außen hin sichtbar wurde; ihre Herzen blieben verschlossen.

Verzeihen Sie, Herr Takahashi, aber als ich dann von dem Unglück erfuhr, dachte ich zuerst nicht an Yumikos Mutter. Diese war viel ruhiger, sanfter und zeigte manchmal doch ihre verletzliche Seite. Ihre Zwillingsschwester hingegen schaffte es, die Leute nach ihrer Pfeife tanzen zu lassen … Das klingt jetzt sehr negativ, aber so war's. Sie brachte die Krankenpflegerinnen und -pfleger gegen den Chef auf oder umgekehrt, demonstrierte allen, wie geschickt sie Leute manipulieren konnte. Sie tat es wie zum Vergnügen oder vielleicht auch, um Yumikos Mutter aufzumuntern, wer weiß. Jedenfalls hatte sie etwas Dämonisches an sich. Es war so stark, dass ich ihr nicht mal in die Augen schauen konnte.

Die einzige Person, die sie immer gut behandelte, war ihre Schwester. Sie beschützte sie wie eine Mutter ihr Kind. Ich weiß, es steht mir nicht zu, das hier anzumerken, aber wenn ich Sie so sehe, Herr Takahashi, bestätigt sich nur, was mir damals schon aufgefallen ist: die Fähigkeit Ihrer Mutter, für jemanden Verantwortung zu übernehmen, ihr erzieherisches Talent.

Wenn Ihre Mutter allerdings zornig war, sprach sie mit niemandem ein Wort und zog sich ganz in sich selbst zurück. Yumikos Mutter versuchte dann jeweils, die Rolle der Vermittlerin zu übernehmen und den Knoten zu lösen. Sie war die einzige Person, auf die Ihre Mutter überhaupt hörte. Im Grunde empfand ich sie aber nicht wirklich als zynisch oder tyrannisch; ich glaube, sie mochte es einfach, die Leute zu provozieren, mit ihnen Schabernack zu treiben und dann zu schauen, was passiert.«

Seltsam – Mama hatte mir als Kind immer einen ganz anderen Eindruck von der Klinik vermittelt. Nie hätte ich gedacht, dass es hier auch vernünftige Leute gab. Wenn Mama von hier erzählte, wurde ihr Blick ganz starr. Es war beängstigend. »Ich und deine Tante, wir haben mal 'ne Weile an einem schrecklichen Ort verbracht, Yumi-chan. Weißt du, in der Klinik des älteren Herrn, mit dem deine Mama befreundet ist. Du hast ihn ja auch schon getroffen. Es war die Hölle. Aber selbst wenn man mich da rausgelassen hätte, wohin hätte ich gehen sollen? Es gab ja kein Zuhause mehr. Ich saß wie auf Nadeln, war ungeduldig und gereizt. Ich schwankte zwischen verzweifelter Auflehnung und völliger Hoffnungslosigkeit, und mir blieb nichts anderes, als mich in den Schlaf zu flüchten. Doch da lauerten furchtbare Träume... Also lieber nicht schlafen, das kleinere Übel irgendwie aushalten und dem nächsten Morgen entgegendämmern. Und wieder erwartet dich ein Tag in der Hölle, wieder wirst du mit Medikamenten vollgestopft und vegetierst dumpf dahin, schrie mein ganzer Körper.

Tante Atsuko dagegen, obwohl sie in der gleichen Situation war wie ich, blieb die Ruhe selbst. Es schien, als würde ihr das alles wenig ausmachen. Tante Atsukos unbeugsame Willenskraft hatte etwas Unheimliches, ja Ungeheuerliches. Sie war meine Zwillingsschwester und doch so anders als ich, so weit weg von mir. Noch heute träume ich manchmal von jener Zeit, schrecke mitten in der Nacht auf, schaue zum Fenster und bin jedes Mal erleichtert, wenn da keine Gitter sind.«

Mir war angst und bange gewesen, aber ich musste zuhören. Mama schien von ihrer Erinnerung mitgerissen zu werden, sich immer weiter von mir zu entfernen. Ich erinnere mich, wie traurig ich war, als ich einmal ihre Hand nahm und Mama mich achtlos abschüttelte.

Doch was ich jetzt sah, war alles andere als die Hölle, und ich konnte mir durchaus vorstellen, dass Mama später gern hierherkam, um sich mit dem Klinikleiter zu treffen.

Gewiss, während ihres Zwangsaufenthalts muss

Mamas Herz einer Wüste geglichen haben, rauh und öde. Und gut möglich auch, dass die Tante mit ihrem übermäßigen Beschützerdrang Mama daran hinderte, jemandem ihre Nöte anzuvertrauen. Vielleicht war auch meine eigene Kinderphantasie etwas zu lebhaft gewesen... Jedenfalls entwickelte Mama mit den Jahren eine geradezu unglaubliche Willensstärke. Eine Stärke allerdings, die mehr der Härte und Aggressivität eines Tyrannen glich. Wahrscheinlich entsprach das genau ihrem Wunschbild von sich.

Als ich zu Frau Kojima blickte, weinte sie. Sie nahm meine Hand.

Obwohl von der Arbeit gezeichnet und rissig, fühlte sich ihre Hand geschmeidig an. Sie hatte breite, etwas mollige Hüften und Falten um die Augenwinkel, wie viele ältere Menschen. Es war ungewohnt für mich, die Hand einer Frau zu berühren, deren Alltag darin bestand, Menschen zu helfen und für sie da zu sein.

»Was mit Ihrer Mutter geschehen ist, habe ich sehr bedauert und bedauere es immer noch. Nach ihrer Entlassung hätte ich mich häufiger beim Chef erkundigen sollen, wie es ihr geht, ob sie ihren Weg gefunden hat«, sagte Frau Kojima.

Nein, bestimmt war der Samen schon gesät, als sie hierherkam, und es war für alles zu spät, wollte ich erwidern, doch unversehens füllten sich meine Augen mit Tränen. Ich brachte kein Wort heraus.

Shōichi schwieg. Ich war froh darüber.

»Shō-chan, entschuldige bitte. Lass dir in Ruhe von deiner Mutter erzählen. Ich geh ein wenig in den Garten.« Ich erhob mich. Komisch, ich fühlte mich wie ein kleines Mädchen. Irritiert blickte ich zu Boden und sah die Füße einer erwachsenen Frau. Man wurde also groß und änderte sich gar nicht?

»Schon gut«, sagte Shōichi, »es ist deine Reise.«

Toll, mein Cousin, dachte ich wieder. Ich bewunderte ihn immer mehr.

Ich stieß die schwere Tür zum Garten auf. Ach genau, diese Tür… Erinnerungen kehrten zurück. Hatte Mama mir nicht erzählt, dass das Einzige, was ihr geholfen habe, nicht die Schwester oder der Klinikleiter, geschweige denn Frau Kojima gewesen sei, sondern einzig und allein der Garten mit seinen Pflanzen, den Käfern, Ameisen und Raupen?

Später, als Mama wie verrückt arbeitete, verlor sie auch das Interesse an unserem eigenen Garten. Aber während ihrer Zeit in der Klinik war der Garten für sie geradezu lebensnotwendig. Der einzige Ort, an dem sie Ruhe und Erholung fand. Ich mochte es, wenn Mama davon erzählte. Es hörte sich zwar traurig an, doch dabei kam das zum Vorschein, was ich an Mama so liebte.

Mama erzählte, wie winzige Knospen innerhalb von wenigen Tagen so dick wurden, dass sie fast zu platzen drohten; wie Ranken wild in alle Himmelsrichtungen wuchsen; wie Ameisen emsig Kekskrümel herumschleppten oder sich in Scharen an toten Insekten zu schaffen machten und dass sie nie müde wurde, diese winzigen, unscheinbaren Dinge und Wesen zu beobachten.

»In der Welt, auf die ich mein Augenmerk richtete, gab es keine Gefühle und Leidenschaften, nur das nackte Leben und Überleben. Anderes wollte ich nicht sehen. Das Gesicht meiner Schwester, vor der es kein Entrinnen gab, konnte ich zwar ignorieren, aber da ich immer in ihrem Schatten stand und mein Selbst neben ihr fast verschwand, war der Garten die einzige Möglichkeit, eine Weile für mich allein zu sein«, sagte Mama mit einem kindlichen Ausdruck im Gesicht. »Wenn ich die Raupen sah, wie sie fraßen und fraßen und größer und fetter wurden, dachte ich, es ist doch gut, zu leben. Sie krochen jeden Tag woandershin, sahen jeden Tag ein wenig anders aus.« Himmel und Wolken seien damals viel zu mächtig gewesen für ihr verzagtes Herz und hätten sie gleichgültig gelassen, wohingegen das Gewimmel im Garten sie tief berührt habe, erzählte mir Mama mehr als einmal. Deshalb habe sie sich für ihr eigenes Haus einen großen

Garten gewünscht, der möglichst wenig gepflegt werden sollte – mit vielen wildwachsenden und wieder verwelkenden Pflanzen, und auch mit vielem kleinem Getier, das sich da einnisten würde. Ich erinnere mich tatsächlich, wie Mama, als das Haus gebaut war, oft im Garten spazieren ging. Hin und wieder auch mit mir zusammen.

Mama mochte da bereits ein wenig seltsam geworden sein, aber ich konnte sie noch verstehen. Zumindest fühlte ich mich ihr damals noch viel näher als gegen Ende hin. Mama war eine Zeitlang wirklich wie bezaubert gewesen von der Welt der Pflanzen und Insekten, das beruhigte mich.

Ich stand im Garten, holte tief Luft.

Grüß dich!, flüsterte ich, wir haben uns lange nicht gesehen. Ich danke dir, dass du Mama damals geholfen hast. Ich kann dir nicht genug dafür danken. Denn, weißt du, von allem, was mir Mama jemals erzählt hat, fand ich ihre Geschichten über dich am schönsten. Es war der einzige Moment, in dem Mama mir ihre wahren Gefühle offenbarte – Schwäche und Hilflosigkeit.

Doch der Garten blieb stockstumm und verrichtete ungerührt seine tägliche Arbeit. Was einem nicht alles dargeboten wird, einfach so! Großartig, dachte ich. Die Pflaumenbäume mit ihren letzten vergilbten Blättern sahen fast kläglich aus. Doch der

Schein trog, die neuen Triebe und Knospen waren – fürs Auge noch unsichtbar – schon da. Und jener Ast des Kirschbaums, der im Frühjahr seine ganze Blütenpracht zeigen würde, sammelte gerade Kraft, um noch mächtiger zu werden.

Hier war alles im Fluss. Abermillionen von Bewegungen und Veränderungen, Tag für Tag. Obwohl ich nichts davon bemerkte, fanden solche Veränderungen sicher auch in mir selbst statt. Vielleicht konnte man sich deswegen hier im Garten so gut entspannen, weil man sozusagen das Abbild der inneren Vorgänge vor Augen hatte? Mir war, als würde ich eins werden mit Mama. Wehmut überkam mich. Wie schön wäre es doch gewesen, wenn ich diesen Hauch von Wärme und Liebe, der mich jetzt anrührte, hätte spüren können, als sie noch lebte.

Meine Gedanken verweilten bei Mama, wollten sie gar nicht mehr loslassen. Als ich mich zufällig umdrehte, sah ich durchs Fenster, wie Shōichi und Frau Kojima ins Gespräch vertieft waren.

Dass es in meinem Leben jemanden wie Shōichi gab, mit dem ich reden konnte, wann und worüber auch immer ich wollte, beruhigte mich. Ich stellte mir vor, wie wir uns nachher langsam wieder auf den Rückweg machen würden. Vielleicht bekommen wir Lust auf einen heißen Kaffee oder eine

Süßigkeit und gehen in ein gemütliches Café, plaudern miteinander, hören einander zu … Allein der Gedanke stimmte mich froh. Das Unbehagen, mit dem ich hergekommen war, hatte sich auf einmal in Luft aufgelöst.

Alle schmerzlichen Erinnerungen sowie die Vorstellung, dass ich selbst hier vielleicht ein trübseliges Dasein gefristet hatte, wichen einem Gefühl der Zuversicht, und das sorgte dafür, dass sich ein ganz klein wenig auch die Vergangenheit änderte.

Wie ein kleines Mädchen, das sich aus weißem Klee einen Fingerring flocht, machte ich mir einen schönen, zauberhaften Tag. Was für ein Traum!

»Shōichi, wie kommt es eigentlich, dass du so hilfsbereit und nett bist?«, fragte ich, als wir die Klinik verlassen hatten. »Vor dem Besuch hast du sicher mehr Bammel gehabt als ich, und dennoch fährst du hin. Verzeih, wenn ich die Tante jetzt ein wenig anders sehe. Dass sie eine starke Persönlichkeit war, wusste ich ja, aber dass sie auch eine exzentrische, ja fast dämonische Seite hatte, das hätte ich nie gedacht.«

Es war später Nachmittag, die Gegend wie ausgestorben. Hier residierten Leute, die ihre täglichen Einkäufe mit dem Auto erledigten. Die Kinder waren wohl zu Hause, machten Hausaufgaben oder vergnügten sich mit Computerspielen. Trotz der Stille spürte man die Gegenwart von Menschen, eine gewisse Wärme, die in der Luft lag.

»Na, ich wollte einfach etwas Nettes für dich tun, wie eben diese Reise. Die Menschen sind verschieden, und alles hat seine Zeit… Mutter war, wie du sagst, eine starke Persönlichkeit. Ich habe nie daran gezweifelt, dass sie in ihrer Jugend auch schwierige, turbulente Jahre durchlebte«, sagte Shōichi und lachte. »Aber so turbulent – das war eine Überraschung. Oder eher ein Schock. Wie die sich damals benommen hat… Völlig daneben!«

»Es schadet sicher nicht, zu wissen, was los war. Ich meine, sie war ja auch nur ein Mensch und musste erst erwachsen werden. Jeder Mensch hat seine Ecken und Kanten. Solltest du nicht vielmehr anerkennen, dass sie versucht hat, dir immer nur ihre guten Seiten zu zeigen?«, erwiderte ich. »Wie auch immer, ich bin dir sehr dankbar, Shō-chan. Wenn du zu deiner Freundin oder deiner Frau so nett sein wirst wie zu mir, werdet ihr es schön haben. Wer Gutes tut, dem wird auch Gutes getan werden.«

»So einfach ist es leider nicht.« Shōichi lachte. »Und man hat ja schließlich auch noch seine Arbeit.«

»Heute habe ich mich jedenfalls seit langem

wieder mal an meine ›gute‹ Mama erinnern können. Ein schönes Gefühl.«

»Das freut mich. Aber meine Mutter hatte ja offenbar auch ein Problem. Diese Machtspiele… Vielleicht doch nicht ganz überraschend«, sagte Shōichi.

»Aber ich bin sicher, deine Mutter wollte draußen ein besserer Mensch sein. Irgendwann hat sie begriffen, dass die ewige Gier nach Macht kein Glück bringt. Aber Mama war neidisch auf das Geschick, mit der die Tante Menschen manipulierte, und wollte das unbedingt auch können.«

»Warum wohl?«, fragte Shōichi. »Na ja, jeder hat seine eigenen Methoden, Erlebnisse zu verarbeiten. Der Mensch durchlebt jeden Tag ein ganzes Spektrum von Gefühlen. Er regt sich über irgendetwas auf, benimmt sich vielleicht auch komisch. Guckt man aber genauer hin, ist eigentlich alles in Ordnung… Ich denke, äußerlich erscheinen Menschen mal so oder so. Aber tief im Innern, da muss es einen festen Kern geben. Dessen sind wir uns kaum bewusst. Ein starker Mensch ist nicht immer stark. Ich könnte viele Schwächen meiner Mutter aufzählen.«

»Hm, stimmt, man möchte gern konsequent sein. Deine Mutter war zweifellos eine starke Frau, aber vielleicht machte es ihr deswegen nichts aus, auch mal eine Schwäche zu zeigen, weil sie es sich leisten konnte? Weil sie glücklich war? Sicherlich gibt es niemanden, der ohne Widersprüche ist. Andererseits war Mama, so wie ich es sehe, auf eine leider ungute Art allzu konsequent.«

»Was erklären dürfte, warum es zu dem Unglück gekommen ist. Sie wollte etwas mit aller Gewalt erzwingen. Deine Mutter stelle ich mir vor wie ein Stück Holz, das sich keinen Millimeter biegen lässt. In dieser Hinsicht war meine Mutter weicher, menschlicher, und zugleich hatte sie immer auch etwas von einer Hexe oder Zauberin. Man sah es ihr sofort an … Als hütete sie ein Geheimnis.«

»Mama ist dagegen härter und härter geworden.«

»Dann musst du eben weicher und weicher werden.«

»Dafür ist es zu spät.«

Ich wusste selber nicht, warum ich das sagte, es entschlüpfte mir einfach. Als ich Shōichis betrübtes Gesicht sah, hätte ich meine Worte, bei denen ich selbst erschrak, gerne rückgängig gemacht. Vielleicht waren sie mir auch ein wenig umheimlich, weil sich unsere Silhouetten in der einsetzenden Abenddämmerung langsam auflösten.

»Warum sagst du so etwas? Es ist nie zu spät, nie. Und du bist ja da, hier neben mir.«

Schweigend hakte ich mich bei Shōichi unter.

Ich hatte das Gefühl, mich nicht allein auf den Beinen halten zu können. Der Weg bis zum Parkplatz schien kein Ende zu nehmen. Es war wie in einem bösen Traum, in dem ich lief und lief und lief. Als würde ich auf dem Grund eines tiefen Sees waten und gegen den Widerstand des Wassers ankämpfen… Fühlt man sich so, wenn man der Vergangenheit ins Auge schaut? Ich wusste, es würde vorübergehen, doch Shōichis warmer stützender Arm gab mir erst recht das Gefühl, schwach und hilflos zu sein.

»Immerhin sehe ich jetzt, dass die Klinik seriös ist und die Angestellten keine Sadisten – zum Glück. Früher war das in meinen Augen nur ein unmenschlicher, widerwärtiger Ort.«

»Schon etwas übertrieben.«

»Von Mama hab ich nur Schlechtes gehört. Das hat sie allerdings nicht daran gehindert, ihre Beziehung mit dem Klinikleiter noch jahrelang aufrechtzuerhalten. Wahrscheinlich hat sie auch Geld von ihm gekriegt. Und Papa tat, als wüsste er von nichts. Ich fand das alles zum Kotzen«, sagte ich.

»Der Klinikleiter ist offenbar nicht mehr da.«

»Wäre er da gewesen, ich hätte ihn erwürgt!« Ich lachte. »Vor dem hab ich mich geradezu geekelt. Na ja, als junges Mädchen war ich sehr wählerisch und außerdem vernarrt in Papa, schon immer.«

»Wahrscheinlich ist der Klinikleiter ein ganz gewöhnlicher Typ, meinst du nicht? Aber als Chefarzt profitiert man natürlich von einer gewissen Aura und erscheint größer, mächtiger, als man es ist.«

»Kann gut sein, ja. Aber was soll's. Für ihn und Mama wird an der Beziehung schon was gewesen sein, und Papa, der Gutmütige, hat immer alles schön brav mitgemacht, was Mama von ihm verlangte. Letzlich wurden alle zu Mamas Sklaven. Wie wir jetzt wissen, haben die beiden Schwestern nach ihrer Entlassung die Rollen gewechselt. Deine kluge Mutter hat gemerkt, dass ihre maliziösen Spielchen nur in der Welt der Klinik Erfolg hatten und in der Welt draußen nicht alles nach Wunsch läuft. Sie hat daraus gelernt, während meine Mutter … Nun, lassen wir's gut sein.«

Die Straßen wurden belebter, je mehr wir uns dem Bahnhof näherten. In diesem alltäglichen Treiben hätte ich leicht dem Gedanken verfallen können, mein Leben wäre immer so wie jetzt gewesen und würde immer so weitergehen. Ich wusste aber, es war eine Täuschung. Sie durchschaut zu haben erfüllte mich mit Zufriedenheit und Glück.

»Ich wollte meine Mutter nie idealisieren, wusste auch, bis zu einem gewissen Grad, um ihre dunkle, abgründige Seite; aber dass sie auch deiner Mutter so zugesetzt hat ...«

»Wer in einem obskuren Elternhaus aufwächst und mit ansehen muss, wie Menschen sterben ... Das hinterlässt eben Spuren, auf die eine oder andere Art.«

»Hinterlässt eben Spuren, auf die eine oder andere Art ... Wie du das so dahinsagst, nach all dem, was passiert ist. Auch dir.«

»Es lässt sich ja nichts mehr ändern. Ich möchte es mir zwar nicht eingestehen, aber meine Mutter war am Ende verrückt. Total verrückt. Wer das nicht ist, bringt keine Menschen um.«

»Es war für dich die einzige Möglichkeit, diese riesige Last zu ertragen: immer Verständnis zeigen – zu viel Verständnis«, sagte Shōichi. »Endlich verstehe ich, was meine Mutter bereute und warum sie sich Sorgen machte. Jetzt wo ich mit dir zusammen bin.«

»Schön und gut. Aber die Sache ist wirklich gelaufen. Finito. – Hör mal, wo übernachten wir denn heute?«

»In Shibuya*.«

»Ein großes Hotel? Mit einer Lounge?«

»Ich glaube, ja.«

* Stadtteil im Zentrum von Tōkyō und eines der beliebtesten Vergnügungsviertel. (A. d. Ü.)

»Toll! Trinken wir doch dort einen Tee. Ich liebe diese riesigen Hotelhallen. In allen Ländern der Welt kann man da reingehen und Leute beobachten.«

»Du lachst. Wunderbar.«

»Weißt du, Shō-chan, es gibt Zeiten, wo ich am liebsten gar nicht mehr rausmöchte aus meinem Loch, aber jetzt ist das anders. Es gibt so viel zu entdecken, alles ist neu für mich. Und bei dir fühle ich mich gut aufgehoben.«

»Du bist ein Gute-Laune-Genie.«

»Eher ein Selbstüberlistungsgenie.« Ich lachte.

»Ach wo, 'ne Glücksfee!«, sagte Shōichi feierlich.

Das gefiel mir.

Nach dem Abendessen, als jeder schon auf sein Zimmer gegangen war, klingelte plötzlich das Telefon. Es war Shōichi. Er sagte, er habe in der Klinik seine Visitenkarte hinterlassen, und nun sei vom Leiter beziehungsweise Berater eine E-Mail gekommen, für mich.

Während ich die Mail in Shōichis Zimmer las, dachte ich: War der Typ etwa im Haus und hat es Frau Kojima überlassen, uns zu empfangen, weil er sich vor einem Wiedersehen mit mir fürchtete?

»In meiner Vorstellung sind Sie noch ein kleines Mädchen.

Wenn ich an Sie denke, wie heute wieder, als ich

von Ihrem Besuch erfahren habe, wird mir mein Unvermögen schmerzlich bewusst. Das hat sich nach all den Jahren nicht geändert.

Es ist für Sie gewiss keine Neuigkeit, dass ich mich Ihrer Mutter sehr verbunden fühlte. Was dann geschehen ist, hat auch mein Leben verändert. Wie Sie sich vorstellen können, gibt es nach wie vor Momente, in denen ich alles dafür geben würde, Ihre Mutter wiederzusehen.

Von Frau Kojima habe ich gehört, dass aus Ihnen eine erwachsene, selbständige Frau geworden ist. Das freut mich, und ich wünsche Ihnen für die Zukunft alles Gute.«

So lautete die E-Mail.

Dieser Typ ist mir einfach unsympathisch, dachte ich. Der hat so weitergemacht, als hätte Mama nie existiert, als wäre nichts gewesen.

»Ich kann ihn nicht ausstehen«, schimpfte ich aufgebracht.

»Wenigstens ist er ehrlich«, meinte Shōichi.

»Klar, wenn er nicht mal ehrlich wäre, könnte er wohl keine Klinik führen. Aber ich finde es schon krass, dass er sich mit Patientinnen vergnügt, sogar während der Arbeitszeit. Widerlich.«

»Stimmt, irgendwie erinnert das Gehabe an Leute, die zu viel Geld haben und zu wenig Zeit für ein normales Privatleben«, sagte Shōichi. »Und seine

Klinik, böse gesagt, an einen Tempel für Betuchte, denen das Leben diese oder jene Unannehmlichkeit beschert hat. Bei einem solchen Unternehmen geht es wohl nur darum, Geld zu machen. Aber ich muss gestehen, immer wenn du dich bei dem Thema ereiferst, sehe ich plötzlich ein aufmüpfiges, bockiges Kind vor mir. Echt süß!«

Shōichi lachte. Ich schämte mich ein wenig.

»Wer außer mir und Papa hätte denn helfen können, wenn nicht dieser Typ? Als Facharzt für Psychiatrie sollte er sich mit Menschen auskennen, hätte merken müssen, wie es um sie steht. Jetzt sind alle tot, und er ist der Einzige, auf den ich noch wütend sein kann. Meinem Onkel und seiner Frau, die Mama auch fast zum Opfer gefallen sind, kann ich im Nachhinein nicht böse sein. Wie soll ich also meinen Frust loswerden?!«

Ich lachte, aber es war ein bitteres Lachen. Die bedrückende Schwere, die Mama und meine Tante in der Klinik empfunden haben mussten, schien mich mit einem Mal selbst niederzudrücken.

Als wir in der Hotellobby gesessen hatten, eine Kleinigkeit zu uns nahmen und Tee tranken, als ich dabei all die Menschen um mich herum beobachtete, da hatte ich mich noch ganz gut ablenken können von den Ereignissen des Tages.

»Danke für die Mail. Ich geh jetzt auf mein Zimmer. Bin müde. Morgen fahren wir doch zu meinem Elternhaus, oder? Vielleicht nehm ich noch ein Bad im Whirlpool. Es wäre schade, den Luxus nicht zu genießen, wenn man schon die Gelegenheit hat.«

»Bleib doch noch ein bisschen.«

Oh, dachte ich. »Warum?«

»Weil du irgendwie betrübt aussiehst.«

»Was mach ich jetzt … Äh, normalerweise würde man das ja nicht laut sagen.«

»Normalerweise spielen wir eben gern Theater.«

Wie schlagfertig der ist, dachte ich fast ein wenig genervt.

»Ganz ehrlich und ohne jeden Hintergedanken, ich wollte nur noch etwas länger mit dir plaudern, das ist alles. Wahrscheinlich bin ich genauso betrübt wie du.«

»Wenn dem so ist«, sagte ich und setzte mich wieder.

»Soll ich dir was sagen?« Shōichi schaute mich an. »Ich glaube, du warst gar nie in dieser Klinik. Bist vielleicht mal mitgegangen, ja, aber nie länger da gewesen.«

»Ach, meinst du? Zu dem Schluss bin ich auch gekommen.«

»Wie soll ich sagen … Die Art, wie du dich bewegt hast, dein ganzes Benehmen – so bewegt sich niemand, der da tatsächlich mal gelebt hat.«

»Wie kommst du darauf?«

»Weil ich Kampfsport gemacht habe. Man entwickelt einen gewissen Sinn für das Körperverhalten. Es sagt viel über den Menschen aus.«

»Aber woher kommt dann mein Gefühl, dass ich die Klinik kenne?«, fragte ich verwirrt. »Sicher, ich erinnere mich nur vage, aber ich dachte eben immer, wegen der vielen Medikamente.«

»Ich sage ja nicht, du wärst nie dort gewesen. Wie Frau Kojima erwähnt hat, war deine Mutter mit dem Leiter liiert. Du warst also bestimmt das eine oder andere Mal in der Klinik, hast aber nie da gelebt. Die Kojima hat nicht gelogen.«

»In meiner Erinnerung ist so vieles durcheinandergeraten.«

»Ist doch egal«, sagte Shōichi lachend.

»Wie kann das egal sein… Hier liegt der entscheidende Punkt, oder nicht?«

»Wichtiger als die Vergangenheit ist die Gegenwart, was jetzt geschieht, was du jetzt erlebst. Sobald du jene Angelegenheit ein wenig lockerer nimmst, wird sie dich auch nicht mehr so bedrängen. Wenn du dauernd darüber nachdenkst, verdirbst du dir nur die Freude am Leben.«

Ich lächelte. »Und du, Shō-chan, hast du dich vom Schrecken über die unrühmliche Vergangenheit deiner Mutter erholt?«

»Na ja, mein Bild von ihr hat sich schon relativiert. Aber da ich irgendwie damit gerechnet habe …«

»Offenbar sind Menschen je nach Ort und Zeit ziemlich wandlungsfähig. In jungen Jahren eine böse Hexe und am Ende eine gute Mutter. Interessant!«

»Schon, aber was soll ich jetzt sagen … Dass dir so lange niemand geholfen hat, finde ich jedenfalls schlimm.«

»Mach dir keine Sorgen, dich trifft keine Schuld.«

»Vielleicht doch. Ich bin auch nicht besser als dieser Klinikleiter, weil ich mir keine Gedanken gemacht habe.«

»Na, dann heirate mich, jetzt, auf der Stelle, und wir gründen eine glückliche Familie. Was meinst du? Ich würde gern drei Kinder haben.«

»Warum nicht? Mindestens das bin ich dir schuldig, nach dem, was ich verbockt habe.«

»So'n Quatsch.« Ich lachte.

»Ich dachte immer, du wärst bei Verwandten von dir untergekommen«, sagte Shōichi. »Zumindest hab ich es mir so vorgestellt. Wohl auch, weil es bequemer war. Ich dachte, dem Konamiya geht es ja gut, also wird es dir auch gutgehen, und zweifelte keinen Moment an deinem Wohlergehen. Doch Mutter machte sich Sorgen. Im Nachhinein denke ich, ich hätte vor den Problemen in der Familie nicht die Augen verschließen, sondern etwas unternehmen sollen. Man kann nicht einfach denken: Geht mich nichts an, wo wir doch damals, im Garten, dicke Freunde waren. An jenen Tag habe ich so oft zurückgedacht.«

»Das ging mir auch so. Hier, guck mal!« Aus meiner Tasche holte ich den kleinen Stoffbeutel hervor. »Diesen Kobold hab ich damals im Garten gefunden, weißt du noch?«

Die in ein Seidentüchlein gewickelte Figur trug ich stets bei mir. Der Kobold hielt seine Knie umschlungen und schaute, den Kopf zur Seite geneigt, mit großen Augen. Er hatte eine Art Krummschnabel.

Meine Tante hatte gesagt, die Figur komme ursprünglich aus China. Ein Geschenk ihrer chinesischen Lehrerin für weiße Magie, das sie leider irgendwann verlor. Als ich den Kobold damals in einer Ecke des Gartens entdeckte und zur Tante lief, um ihr meinen Fund zu zeigen, strahlte sie übers ganze Gesicht.

Ich sorgte gut für die kleine Figur und polierte sie von Zeit zu Zeit. Wenn ich an einem fremden Ort übernachtete, legte ich sie immer unter das Kopfkissen.

»Ja ja, Mutter hat ihn dir einfach so geschenkt«, sagte Shōichi. »Glaub mir, ich war echt neidisch.

Aber weil du so fröhlich gelacht hast – das kam bei dir selten vor –, wollte ich dir die Freude nicht verderben.«

»Du hattest doch alles, Shō-chan, deshalb war es schon okay, mir wenigstens diese Kleinigkeit zu gönnen, meinst du nicht? Oder … soll ich dir die Figur zurückgeben? Ist ja auch mit Erinnerungen an deine Mutter verbunden. Ich hab lange genug Amulette und Glücksbringer mit mir herumgetragen, also nimm sie nur.«

»Nein, behalte sie, sie gehört zu dir. Neidisch war ich als Kind, aber doch jetzt nicht mehr.«

Meine Gedanken schweiften plötzlich ab.

Nach dem Tod meiner Eltern, noch am gleichen Tag, musste ich irgendwohin gekommen sein. Aber wohin?

»Shō-chan, wie viele Jahre ist es jetzt her seit jenem Unglück? Wie alt war ich damals? Ich weiß es nicht mehr genau.«

»Dreizehn oder vierzehn, denke ich. Ich habe neulich in alten Zeitungen nachgeforscht, da stand so was drin. Ich erinnere mich auch, wie Mutter vor Trauer und Gram manchmal ihr Bett gar nicht mehr verlassen wollte. Es war schlimm. Sie machte sich Vorwürfe, sagte immer wieder: Wäre ich dagewesen, hätte ich vielleicht etwas verhindern können. Ihre Freunde und Verwandten entgegneten:

Hättest du noch was mit denen zu tun gehabt, wärst du jetzt vielleicht auch tot. Sei doch froh, dass du lebst! Natürlich hatten sie recht, und Mutter entschloss sich, ihr Leben zu ändern. Ihre größte Sorge galt nun den kleinen, aber wichtigen Dingen des Alltags, um die sie sich hingebungsvoll kümmerte. Auch als Vater starb, blieb das so.«

»Um die vierzehn war ich also.«

»Deinen Vormund aus Florenz, wie lange kennst du ihn schon?«

»Seit ich zehn war. Als Großmutter in Turin lebte, lernte ich ihn dort kennen. Er war achtzehn und meine erste große Liebe. Ich war noch ein Kind, aber unser Kontakt hält bis heute. Er ist immer für mich da, wenn ich ihn brauche. Obwohl er Geld hat, lebt er recht bescheiden. Ich glaube, er hat keine feste Freundin, und verheiratet ist er auch nicht. Bei seiner Familie fühle ich mich geborgen, viel geborgener als bei mir zu Hause, und ihm kann ich mich blind anvertrauen. Er ist wie ein Bruder für mich. Aber das Schönste ist, in Italien kommt man wirklich zur Ruhe. Auf dem Land scheint die Zeit stillzustehen, nichts ändert sich. Nur Natur, Olivenhaine, so weit das Auge reicht.«

»Hm, klingt paradiesisch.«

»Ausgerechnet am Tag nach dem Unglück wollte ich zu ihm fahren. Zum ersten Mal allein, in den

Sommerferien. Ich freute mich wahnsinnig, aber alles zerbrach auf einen Schlag. Ob er dann zu mir gekommen ist, weiß ich nicht mehr. Wahrscheinlich schon. Über die Geschehnisse von damals reden wir nie.«

»Könnte man sie nur ungeschehen machen … Es wäre wohl besser gewesen, ich hätte dich in Ruhe gelassen, statt nach so vielen Jahren plötzlich bei dir aufzukreuzen.«

»Ach, vielleicht war es wirklich mal an der Zeit, dass ich mich um meine Vergangenheit kümmere. Vielleicht bringt es ja etwas Gutes, nicht nur Schmerzen und Tränen. Außerdem bin ich nicht allein. Und da du deine Mutter verloren hast, ist diese Reise vielleicht auch für dich wichtig, Shō-chan.«

Was am Tag des Unglücks wirklich geschehen war, blieb mir nach wie vor ein Rätsel. Ich wusste nur, ich war in meinem Zimmer im ersten Stock und hatte meine Sachen für die Reise gepackt. Von unten hörte ich verschiedene Stimmen – das Hausmädchen, Mama und ihr jüngerer Bruder. Die Séancen fanden viertel- oder halbjährlich im Salon unseres Hauses statt. Dazu waren gewisse Vorbereitungen nötig. Wenn es so weit war, versuchten die Anwesenden bei Kerzenlicht Kontakt zu verstorbenen Familienmitgliedern oder Freunden aufzunehmen. Ich fand den Spuk nicht nur schauerlich, sondern auch bekloppt. Mama, unter deren Leitung diese Treffen stattfanden, machte an dem Tag noch mehr Hokuspokus als sonst, kleidete sich ganz in Schwarz und gefiel sich in ihrem wichtigtuerischen Gehabe. Mich widerte das an. Ebenso hasste ich Papas unterwürfige Art, wie er, eigentlich ein vernünftiger Mensch, der wie ich mit Okkultismus überhaupt nichts anfangen konnte, vor Mama den Kotau machte und sich alles gefallen ließ. Bei diesen Treffen wurde durch Orakel auch gern entschieden, welche Produkte beim Konamiya in den Verkauf kamen, und das funktionierte offenbar so gut, dass niemand es wagte, etwas dagegen einzuwenden.

Wenn ich sah, wie Mama und ihre Getreuen eine Auswahl ausländischer Produkte auf den Tisch stellten und nach feierlicher Eröffnung der Séance mit todernster Miene die Geister befragten, fand ich das einfach nur albern. Kann sich jemand ein lebenslustiges Mädchen kurz vor der Pubertät vorstellen, das so etwas cool findet? Wohl kaum.

An jenem Sommertag regnete es heftig. Das weiß ich noch genau.

Während unablässig der Regen prasselte, ging eine Weile lang die Haustür auf und zu, man hörte auch das Hausmädchen, wie es geschäftig hin und her lief und Tee servierte. Dann endlich wurde die Tür abgeschlossen, und es kehrte Ruhe ein. Müde vom Kofferpacken, hatte ich mich aufs Bett gelegt und war eingeschlummert, als mich plötzlich ein gellender Schrei aus dem Schlaf riss. Wahrscheinlich hat es wieder jemanden erwischt, wie damals bei der Geisterbeschwörung der Großmutter, zuckte es mir durch den Kopf. Ich bekam eine Heidenangst und schloss schnell mein Zimmer ab. Bleib ruhig, redete ich mir zu, das geht bald vorbei. Auf die Idee, die Polizei zu rufen, wäre ich nie gekommen; damals hatte ich noch kein eigenes Handy, und ein Telefon gab es in meinem Zimmer nicht. Zitternd saß ich auf der Bettkante und wartete ab.

Woran ich mich als Nächstes erinnern kann, ist ein silberfarbenes Licht, ein gleißend heller Raum, mehr nicht. Ich muss ins Krankenhaus gebracht worden sein. War wohl in Panik geraten und hatte die Kontrolle über mich verloren.

»Ein einziger Moment, der das ganze Leben eines Menschen umkrempelt«, sagte ich mit ungläubigem Staunen. »Ich hatte ja schon gespürt, dass mit meinen Eltern etwas nicht stimmte, aber …«

»Du kannst doch nichts dafür«, sagte Shōichi.

»Sag das bitte noch einmal. Auch wenn das vielleicht schon viele zu mir gesagt haben.«

»Du kannst nichts dafür.«

»Danke.«

Als gäbe es nichts Natürlicheres, lehnte ich mich

an Shōichi. Shōichi legte seinen Arm um meine Schultern.

»Ich frage mich, was aus der Frau geworden ist, die Mama in den Hals stach. Das Hausmädchen konnte fliehen, auch der Onkel lebt und hat am Ende in finanzieller Hinsicht sogar noch profitiert. Aber was ist mit jener Frau? Hat sie einen Knacks davongetragen oder sich gar das Leben genommen?«

Schweigen. Dann vernahm ich Shōichis leise Stimme an meinem Ohr.

»Ich habe den Wohnort dieser Person ausfindig gemacht. Mit Hilfe eines Detektivs.«

Überrascht blickte ich Shōichi an.

»Was? Wieso?«

»Könnte ja sein, dass du sie treffen möchtest.«

»Sag mal, warum tust du so geheimniskrämerisch und erzählst mir erst jetzt davon?«, fragte ich aufgeregt.

»Ach was, ich dachte nur, es sei besser, erst mal zu schauen, wie sich die Sache entwickelt.«

»Normalerweise nervt mich das, wenn jemand hinter meinem Rücken etwas einfädelt, aber in diesem Fall hab ich gar nichts dagegen. Im Gegenteil. Was macht die Frau denn?«

»Ich glaube, sie arbeitet als psychologische Beraterin oder Heilerin. Was in der Richtung.«

»Oje, das ist aber von dem Geisterkram nicht

allzu weit entfernt… Ich will ja nicht über andere urteilen, aber diese Frau scheint mir unverbesserlich.«

»Eben weil sie unverbesserlich ist, hat sie doch an jener albernen Versammlung teilgenommen. Meinst du nicht?«

»Ich bin zwar skeptisch, und mir ist auch ein bisschen mulmig, aber warum sie nicht besuchen? Es wäre auch eine Gelegenheit, sie um Verzeihung zu bitten.«

»Ich hab doch gesagt, du kannst nichts dafür.«

In Shōichis Armen diese Worte zu hören beruhigte mich. Und allmählich glaubte ich daran, dass es tatsächlich so war, wie er sagte. Ich blickte aus dem Fenster, in die Nacht von Shibuya, in ein Gewimmel und Geblinke von unzähligen farbigen Lichtern. Das Fenster – es konnte nicht geöffnet werden – war eingerahmt von dicken, schweren Vorhängen, die kein Wind je in Wallung bringen würde. Ihr wuchtiger Schatten machte sich im Zimmer breit.

Pass auf, komm ihm ja nicht näher, sonst wirst du am Ende noch einsamer und trauriger sein, warnte ich mich selbst.

»Warum benehme ich mich nur wie einer, der was von dir möchte?«, fragte Shōichi.

»Weil du mein Cousin bist«, antwortete ich.

»Aber im Ernst, ich denke gerade über etwas anderes nach. Was diese Frau für ein Mensch sein könnte. Ob sie bereit wäre, uns zu treffen?«

»Fahren wir doch mal hin. Wenn wir am Telefon schon sagen, warum wir kommen, wimmelt sie uns vielleicht ab. Wir melden uns einfach für eine Beratung an und verraten ihr erst an Ort und Stelle, unter tausend Entschuldigungen … Hm, nein. Vielleicht doch besser, von Anfang an die Wahrheit zu sagen. Und wenn sie uns nicht sehen will, dann haben wir halt Pech gehabt.«

»Finde ich auch, wir sollten ehrlich sein. Aber wer an einer Geisterbeschwörung teilnimmt, muss schon einen Knall haben. – Hat sie keine Homepage?«

»Doch, ich hab reingeschaut. Warte mal.«

Shōichi holte sein Notebook.

»Hier, diese Frau.«

Sie hieß Kuma Miyoko.

Den Namen hatte ich noch nie gehört.

Irritiert und ergriffen zugleich starrte ich auf den Bildschirm. Auf eine Person, die schicksalhaft mit mir verbunden war und die sicher keine große Lust hatte, an mich erinnert zu werden.

Ich betrachtete ihr Foto. Sie hatte eine etwas altmodische Stufenschnittfrisur, helle Haut und schmale Augen, die freundlich dreinblickten. Es umgab sie nichts Düsteres, wie ich erwartet hatte. Sie trug einen Rollkragenpullover. An einer Stelle am Hals entdeckte ich, vom Rollkragen nicht ganz verdeckt, einen roten Fleck. Aber ich wusste sofort, das war nicht einfach ein roter Fleck, sondern eine Narbe. Ein stechender Schmerz fuhr mir in die Brust.

»Die macht gar keinen so schlechten Eindruck. Wirkt sehr offen und sympathisch. Na ja, vielleicht ist es nur das Foto«, sagte ich.

»Auch was da geschrieben steht, klingt einigermaßen vernünftig. Jedenfalls kein so obskurer Gedankenwirrwarr, der einen krank macht«, sagte Shōichi.

»Lass uns hinfahren! Das ist *die* Gelegenheit, etwas mehr zu erfahren.«

»Gut, dann schreibe ich eine Mail.«

»Und ich geh schon mal schlafen, ja? Ich bin müde.«

»Diesen Kobold, der wie ein Kappa aussieht, darf ich den noch mal sehen?«

»Na klar.«

Ich nahm den Beutel aus der Tasche und stellte den Kobold auf den Tisch.

Es schien, als würde er sich schämen, so angeguckt zu werden. Das vergilbte Zettelchen im Maul weckte auch heute noch das Gefühl von etwas Altvertrautem – ein Andenken, das mich stets an meine Tante erinnerte.

Shōichi nahm den Kobold in seine Hand und schaute ihn lange an. Ein paar Tränen liefen ihm die Wangen hinunter. Ich konnte mir vorstellen, wie er sich fühlte, und blieb einfach still neben ihm sitzen. Nach einer Weile wischte er sich die Tränen aus den Augen und reichte mir den Kobold wieder. Ich lächelte.

»Schlaf gut«, sagte ich und stand auf.

»Danke«, sagte Shōichi. »Eigentlich bin ich ja gekommen, um dir zu helfen, und jetzt bist du es, die mich tröstet.«

»Shō-chan, seit wir zusammen sind, geht es mir mit jedem Tag ein bisschen besser, es ist, als würden sich meine Sorgen nach und nach verflüchtigen. Dafür bin ich dir unendlich dankbar. Ich hab das alles immer von mir weggeschoben und gedacht, ist doch egal, aber in Wahrheit ist es nicht egal. Ich habe mich die ganze Zeit selbst belogen.«

Offenbar hatte er ebenso mit sich zu kämpfen wie ich. Natürlich wusste ich, dass diese Reise auch für ihn wichtig war und ihm die Möglichkeit bot, seiner Mutter nahe zu sein. Dennoch fand ich es schön, mit welcher Selbstverständlichkeit er an meinem Schicksal Anteil nahm und mich nach Kräften unterstützte.

Shōichi nickte wortlos.

Ich wünschte ihm eine gute Nacht und ging aus dem Zimmer.

Einer Nachteule wie mir war noch lange nicht nach Schlafen zumute. Zuerst badete ich ausgiebig, dann machte ich es mir mit einem Bier auf dem Bett bequem und schaute fern, bis ich irgendwann – es muss schon sehr spät gewesen sein – einschlummerte.

Am nächsten Morgen weckte mich die Sonne. Ich bereitete mir erst mal einen Instantkaffee zu, der zum Zimmerservice dazugehörte. Noch reichlich verschlafen schlürfte ich meinen Kaffee, als plötzlich das Telefon klingelte. Es war Shōichi.

»Hallo, guten Morgen! Frau Kuma hat leider noch nicht geantwortet. Was machen wir heute? Fahren wir zu deinem Elternhaus?«

»Bitte nicht so eilig, ich bin eben erst aufgestanden … Ich brauch ein bisschen Zeit, um wach zu werden«, sagte ich und dachte dabei, mit jemandem zu reisen, der einen anderen Rhythmus hat, ist anstrengend. Shōichi könnte ich nie heiraten, unmöglich. »Bei diesem tollen Wetter willst du mit mir an einen schauerlichen Ort fahren?«

»Ich bin seit zwei Stunden auf und hab auch schon gefrühstückt. Ich langweile mich.« Shōichi lachte. »Ich war auch schon im Fitnessraum!«

»Bäh, was hasse ich so disziplinierte Menschen. Aber du hast recht, unangenehme Dinge sollte man schnell hinter sich bringen. In einer halben Stunde bin ich fertig.«

Ich kleidete mich an, packte meine Sachen, und nach genau fünfundvierzig Minuten klopfte Shōichi an die Tür. Dieser wohlkalkulierte Zeitbonus! Auch wieder so etwas … Ich musste lachen, was Shōichi verwirrte.

»Der Himmel ist bewölkt«, sagte ich.

»Als wüsste er genau, was wir heute vorhaben. Könnte eine Szene aus einem Horrorfilm sein«, antwortete Shōichi.

Tatsächlich waren wie aus dem Nichts bleigraue, schwere Wolken aufgezogen, die sich über den Himmel wälzten, sich Schicht um Schicht übereinanderschoben. Das herrliche Blau, das sich da eben noch im Osten gezeigt hatte, war verschwunden, wie auch die letzten Sonnenstrahlen, die gerade noch durch den einen oder anderen Spalt in der Wolkendecke hatten dringen können.

»So muss es sein. Das passt zu meinem Elternhaus«, sagte ich.

Wir gingen in die Tiefgarage des Hotels, wo Shōichis Auto geparkt war, verstauten unser Gepäck und fuhren los.

Unterwegs kauften wir Blumen, und in einer

kleinen Boutique fanden wir handgemachte Kerzen. Wie es in der Beschreibung hieß, stammten sie von einem Künstler namens *Candle June*, der mit seinen Kerzen etwas für den Frieden auf der Welt tun wollte. Das mochte ein frommer Wunsch sein, aber jedenfalls waren die Blumen und Kerzen sehr schön. Vielleicht könnten wir damit dem Ort etwas von seiner Unschuld zurückgeben, sagten wir uns halb ernst, halb scherzend, während wir die Farben der Kerzen aussuchten. Und auf einmal dachte ich: Mit einem Menschen, der einfach er selbst ist, niemandem etwas vormacht und seine Gefühle nicht unterdrückt, mit so einem Menschen zusammen was Hübsches kaufen, zum Parkplatz schlendern, vergnügt über dies und jenes plaudern – das hatte es in meinem Leben kaum je gegeben. Hätte doch auch Mama sich an solchen Dingen erfreuen können! Dann wäre alles ganz anders gekommen.

Von Shibuya aus dauerte die Fahrt etwa eine Stunde. Für einen Ort, der mir ferner schien als alles, was ich mir vorstellen konnte, ging es dennoch viel zu schnell.

Als ich das Anwesen vor mir sah, befiel mich ein Gefühl der Beklommenheit. Gewiss, der Ort war mir vertraut und nah, aber zugleich so weit entfernt, dass er mir – wie in einem Traum – für immer unerreichbar schien.

Das an einen Park grenzende, von Büschen umwucherte Haus glich zwar eher einer Ruine, aber es stand noch da. Die Renovierungsarbeiten an einem beschädigten Teil des Hauses waren offenbar abgebrochen worden, aus welchem Grund auch immer. Es war kleiner, als ich es in Erinnerung hatte, und doch größer als ein normales Haus. Als Kind war es mir fast wie ein Schloss vorgekommen. Das gesamte Grundstück ähnelte jenem der Klinik, die wir am Tag zuvor besucht hatten.

Ich stand vor dem Eingangstor und wusste auf einmal nicht mehr weiter.

»Ich glaube, das reicht mir. Bin schon satt geworden, allein vom hier Stehen und Schauen«, sagte ich.

»Hast du Angst vor schlechten Erinnerungen? Dann ist es vielleicht besser, wir treten den Rückzug an«, sagte Shōichi.

»Was, so schnell aufgeben? Du wolltest mich doch von einem Fluch erlösen!« Ich lachte.

»Ich glaube, wichtiger ist, dass es dir einigermaßen gutgeht und du nicht von Albträumen geplagt wirst. Das fände meine Mutter sicher auch, egal, was sie sonst gesagt hat.«

»Jetzt fühle ich mich schon wieder besser. Wollen wir's nicht doch wagen? Komm!«

Ich fasste ans Tor. Früher wäre der Alarm des Sicherheitssystems losgegangen, aber jetzt war das

Haus so verfallen, dass das nicht zu erwarten war. Nur ein Aufkleber warnte – sinnloserweise – vor unbefugtem Betreten. Ich spürte einen Regentropfen auf der Wange.

»Shō-chan, wir müssen uns beeilen!«

»Im Auto hab ich einen Schirm, und für den Fall, dass wir trotzdem nass werden, Handtücher. Also kein Problem.«

Ich kletterte über das Tor, Shōichi folgte mir, und schon standen wir auf dem Grundstück meiner Eltern. Wir liefen durch bleiches, welkes Gras Richtung Hauseingang. Hoffentlich …, dachte ich und entdeckte in dem Moment das Schlüsselversteck: ein mit dem Alter rissig gewordenes Wasserbecken. Der Schlüssel hatte in einem Spalt unter dem von Efeu umrankten Becken gesteckt. Papa fand, das sei genau der richtige Ort dafür. Trauer und Sehnsucht schnürten mir die Kehle zu. Papa, der mir nie, nie böse gewesen war … In das Becken plätscherte kein frisches Wasser mehr wie früher. Stattdessen hatte sich eine trübe, schlammige Regenbrühe angesammelt. Doch der Schüssel war immer noch da.

Wer ihn wohl zuletzt in die Hand genommen hat?, dachte ich wehmütig.

Schweigend klaubte ich den Schlüssel heraus, ging zur Tür und steckte ihn ins Schloss. Das Metall war ein wenig angerostet, aber als ich mehr Druck gab, ließ der Widerstand nach, und ich konnte den Schlüssel drehen.

»Wow«, sagte Shōichi.

Modrig-muffiger Geruch schlug uns entgegen, ich musste mir ein Taschentuch vor die Nase halten. An der Decke der verstaubten Eingangshalle hingen Spinnweben. Auch anderes Getier schien dort oben zu hausen, denn es roch nach Fledermauskot.

»Ich glaube, es ist besser, in diesem Dreck nicht allzu lange herumzuschnüffeln«, sagte ich. »Uns wird sonst noch übel davon.«

»Gibt es nichts, was du vielleicht vermisst und wieder zurückhaben möchtest? Etwas, was dir besonders wichtig war«, sagte Shōichi.

»Mir fällt nichts ein.«

Ich wollte so schnell wie möglich wieder weg. Es lief mir heiß und kalt den Rücken hinunter, als hätte mich das Fieber erwischt.

»Hätte ich etwas vermisst, wäre ich schon längst allein hierhergekommen.«

»Wollen wir nicht wenigstens aus deinem Zimmer die bösen Geister vertreiben? Vielleicht hilft das ein wenig.«

»Glaubst du?«

»Eigentlich nicht. Aber man weiß ja nie«, sagte Shōichi im fahlen Dämmerlicht.

Früher war das Haus blitzsauber gewesen, und jetzt... Wie eine Höhle, dachte ich. Diese stickige, feuchte Luft... Das Haus musste schon sehr lange leer stehen.

»Na gut, wagen wir's!«, sagte ich so locker wie möglich, obwohl es mich einige Überwindung kostete. Wir stiegen die breite Holztreppe hinauf. Durch eine Fensterluke fiel schwaches Licht. Gerade genug, dass wir die Umgebung erkennen konnten.

Meine Beine erinnerten sich mühelos an den Abstand der Stufen.

Und ich erinnerte mich, wie Mama mich immer wieder ermahnt hatte, wenn ich zu schnell die Treppe hinauf- oder hinuntergerannt war.

Meine Beine fühlten sich an wie die Kinderbeine damals. Aber es schwangen keine nostalgischen Gefühle mit; es war einfach nur eine Qual.

Die Tür zu meinem Zimmer stand offen. Die Sachen, die ich an jenem Tag gepackt hatte, waren nicht mehr da. Auch die geliebten Stofftiere nicht, kein einziges. Wahrscheinlich hatte die Polizei alles mitgenommen. Über das Bett war sorgfältig eine Tagesdecke gebreitet.

»Sieht aus, als wäre hier aufgeräumt worden«, sagte ich. »Muss eine Reinigungsfirma gewesen sein.«

»An der Wand sieht man dunkle Flecken«, sagte Shōichi.

»Hör auf, ich krieg Angst. So was hätten sie doch wegmachen müssen.«

»Du brauchst keine Angst zu haben. Es ist ja nicht so, dass dir jemand, den du nicht kennst, vor dem Sterben noch alles Böse an den Hals gewünscht hätte.«

»Hm, so kann man es natürlich auch sehen. Dass ich die Menschen, die umgekommen sind, wenigstens kenne.« Ich musste lachen. Aber dabei zitterten mir nicht nur die Hände, sondern auch die Beine.

»Komm, schmücken wir das Zimmer mit Blumen«, sagte Shōichi und legte den mitgebrachten Gerberastrauß auf das Bett.

Als wäre mein Bett ein Sarg, dachte ich.

Das Rot der Blumen hob sich vom leblosen Raum deutlich ab. Ein leuchtender, von Leben beseelter Fleck.

Ich öffnete das Fenster. Zum ersten Mal wurde mir warm ums Herz. Wie lieb waren mir doch die Hibiskusbäume gewesen, die man von hier aus sehen konnte. Im Winter dürr und welk, erwachten sie im Frühling zu neuem Leben, unzählige Blüten öffneten sich, die nach und nach zu Boden fielen, während immerfort neue Knospen erblühten, den ganzen Sommer hindurch. Erst jetzt erinnerte ich mich wieder an das Fest der Farben, das mich jeden Morgen beglückt hatte.

Frische Luft strömte ins Zimmer und machte die stickige Atmosphäre ein wenig erträglicher, so dass ich nicht mehr daran dachte, den Ort so schnell wie möglich wieder zu verlassen. Ich hatte mich wie betäubt gefühlt, doch jetzt war mein Kopf hellwach.

Wir zündeten die Kerzen an und schauten schweigend dem verspielten Tanz der Flammen zu. Das farbige Wachs wurde immer durchsichtiger, und die Kerzen leuchteten immer intensiver. Der metallene Fensterrahmen blitzte. Plötzlich war mir, als würde eine Kette zerspringen. Als wäre ich nicht mehr an die Zeit gefesselt, die in mir zum Stillstand gekommen war. Die Kerzen brannten hier und jetzt, in der Gegenwart. Schienen mit ihren flackernden Flammen langsam, langsam etwas auszulöschen.

Wir wollten die Kerzen nicht einfach so weiterbrennen lassen und pusteten sie aus. Vielleicht würde irgendwann mal ein Handwerker froh sein um ein wenig Licht.

Wir verließen das Zimmer. Und, begleitet von Shōichi, ließ ich auch für immer meine Mädchenzeit zurück. Einsame, nicht eben weltbewegende Jahre, in denen ich aber doch einiges erlebt und erlitten hatte.

»Egal, was geschehen ist – mit der Gegenwart hat das nichts zu tun. Es braucht mich nicht mehr zu kümmern. Es ist vorbei, auch wenn es ein wichtiger Teil meines Lebens war«, sagte ich im Halbdunkel der Treppe. »Das ist mir hier klargeworden.«

»Dann ist ja alles gut«, sagte Shōichi.

In stillschweigendem Einvernehmen gingen wir Richtung Salon. Wir sprachen kein Wort. Ich nahm Shōichis Hand. Shōichi drückte meine. Warum fühlen Menschen sich geborgen, wenn sie – ohne sexuelles Verlangen – einander berühren?, fragte ich mich. Weil der Mensch ein Tier ist? Weil er – nicht oberflächlich, sondern viel tiefer betrachtet – wie alles irdische Leben ein gezeugtes Wesen ist? So sinnierte ich vor mich hin und merkte, dass ich dabei fast vergaß, warum ich hier war.

Die Tür zum Salon war geschlossen. Shōichi wandte den Kopf. Quietschend öffnete sich die Tür. Im dämmrigen Licht war lediglich ein großer Tisch zu erkennen.

»Genau wie in ›Biohazard‹*«, sagte Shōichi.

»Unheimlich hier – findest du nicht auch?«, fragte ich.

»Merkt man mir das an?«, sagte Shōichi. »Aber eben hab ich mir überlegt: Die Tatsache, dass jemand

* In Europa ist das Videospiel unter dem Namen »Resident Evil« bekannt. (A. d. Ü.)

wie Frau Kuma, die hier beinahe umgebracht worden ist, jetzt ein normales Leben führt, macht es leichter, an diesem Ort zu sein.«

Zum Öffnen der Tür hatte Shōichi meine Hand losgelassen, aber vor dem Loslassen noch einmal fest gedrückt. Das beruhigte mich ein wenig, denn mein Herz klopfte wild. Kein Wunder, nach dem, was in diesem Raum geschehen war!

»Wenn es nur möglich wäre, das Rad der Zeit zurückzudrehen«, sagte ich mit einem tiefen Seufzer. »Dann würde ich frühmorgens alles packen und zum Narita-Flughafen fahren. Und nach der Rückkehr schnurstracks zu dir. Natürlich würde ich auch die Teilnehmer der Séance anrufen und sie bitten, besser nicht zu kommen, weil mit Mama etwas nicht stimme. Tja, wenn man jenen Tag noch einmal neu angehen könnte …«

Es schnürte mir die Kehle zu, ich fühlte mich elend. Immerhin hatte ich inzwischen gelernt, mich zu öffnen, eine helfende Hand anzunehmen. Shōichi und seine Mutter ließen mich spüren, dass sie nicht nur aus dem Schuldgefühl heraus handelten, mich alleingelassen zu haben, sondern dass sie mich auch als Mensch mochten.

Alles war sauber aufgeräumt, aber noch immer schien dieser »Ort des Todes« im Bann einer dunklen Kraft zu sein.

Der einzige Gegenstand auf dem Tisch war ein Kerzenleuchter. Mama hatte gern und oft Kerzen angezündet, jetzt erinnerte ich mich wieder. Vorsichtig berührte ich ihn. An derselben Stelle, wo Mama ihn mit ihrer weichen, weißen Hand immer berührt hatte. Mama… Plötzlich sehnte ich mich nach ihr. Spürte das Verlangen, sie zu sehen und ihre Stimme zu hören. Von ihr am Kopf gestreichelt und in die Arme genommen zu werden.

Auch wenn sie jene Sache zu verantworten hatte – ich wollte meine Mama sehen. Bevor das Unglück geschah, hatte sie mich immer mal wieder zärtlich umarmt oder mich zum Lachen gebracht.

Ich begann zu weinen und presste und knetete meine Hände.

Shōichi klopfte mir sanft auf den Rücken. So wie es eine Mutter bei ihrem Kind tut. Bestimmt hat Shōichis Mutter das auch bei ihm getan, dachte ich. Wenn Menschen nur das weitergeben, was sie einmal von ihren Eltern bekommen haben – was ist dann mit mir? Fehlt mir da nicht etwas?

Im Gegensatz zum Durcheinander meiner Gefühle wirkte dieser vor sich hin rottende, leblose Raum total öde. Nichts als schwere, drückende Düsternis.

Ich wischte mir die Tränen ab, legte einen Strauß bunter Blumen auf den Tisch und zündete die restlichen Kerzen an. Diese Kerzen, die eigentlich für einen öffentlichen Ort der Trauer bestimmt sind, passen auch hier gut hin, dachte ich. Das Unglück betrifft zwar nur mich und meine Familie, doch der Künstler hat sicher Verständnis dafür, wenn ich seine Kreationen hier aufstelle … Sie brannten genauso schön wie im anderen Zimmer. Glühende Lichtsäulen, die mit dem Weichwerden des Wachses immer heller leuchteten. Überwältigt vom Wunsch, mit diesem Licht eins zu werden, starrte ich auf die bezaubernde Farbenpracht.

Dann betete ich für Papa, der hier gestorben war. Mein schüchterner, gutmütiger, fleißiger Papa, der sich alles hatte gefallen lassen. »Papa«, flüsterte ich, und wieder kamen mir die Tränen. Hast du damals versucht, mich zu beschützen? Oder hatte dich, wie Mama, der Wahnsinn gepackt? War es dir egal, ob ich sterbe? Wie hat sich die Tragödie angebahnt? Seit wann? Und warum hast du mit mir nicht darüber gesprochen?

»Meine Mutter hat sich vor deiner gefürchtet«, sagte Shōichi plötzlich und durchbrach damit die Stille. »Eines Tages kommt sie und bringt mich um, sagte sie allen Ernstes, oder dass sie manchmal das Gefühl habe, von ihrer Schwester verhext worden zu sein. Alles Einbildungen, haben Papa und ich sie ausgelacht, aber sie glaubte es wirklich und stellte öfter, so wie wir jetzt, im ganzen Haus Blumen auf und zündete Kerzen an, um es vor Unheil zu schützen. Sie sagte manchmal aber auch, es beruhige sie, dass du die kleine Figur gefunden hast. Mutter sah darin ein gutes Omen für die Beziehung zu ihrer Schwester.

Sie ist eben die Tocher einer Hexe, versuchten wir uns Mutters wirre Gedanken zu erklären. Glücklicherweise ließ sich sonst niemand anstecken; bis zum Ende verharrte sie allein in ihrer von Zauber und Magie durchwobenen Welt.

›Neben der Wirklichkeit existiert noch eine zweite Welt, die sich in der Wirklichkeit widerspiegelt, jedoch nur in Zeichen und Andeutungen‹, sagte sie immer. ›Ihnen unermüdlich, Tag für Tag Aufmerksamkeit zu schenken ist so wichtig wie essen und schlafen.‹

Damals, als wir im Garten zusammen spielten, haben sich die Wege der Zwillinge wohl tatsächlich getrennt. Deine Mutter entschied sich für das Streben nach weltlicher Macht und Geld, während meine Mutter das Interesse an solchen Dingen verloren hatte und einen anderen Weg einschlug. In der Folge gab es Streit um das Geschäft, und die beiden brachen die Beziehung zueinander ab.

Auch danach hatte Mutter immer Angst. Genau an dem Tag, als deine Mutter starb, erlitt sie eine

Panikattacke. Sie brach plötzlich bei der Arbeit zusammen und verlor das Bewusstsein. Man brachte sie ins Krankenhaus, wo sie Stunden später, leichenblass im Gesicht, wieder zu sich kam. Als Zwillingsschwester muss sie etwas gespürt haben, stelle ich mir vor. Jedenfalls berichtete Vater ihr, was geschehen war. Daraufhin sagte Mutter: ›Das habe ich geahnt.‹ Und: Sie sei sehr traurig, aber zugleich sei es auch, nach all den Jahren, wie eine Erlösung, worauf sie heftig zu weinen anfing. An die furchtbare Stimmung erinnere ich mich gut. Ich war ja noch ein Kind, man erzählte mir nicht die ganze Wahrheit, aber natürlich merkte ich am Verhalten meiner Eltern und erfuhr auch aus den Nachrichten, dass etwas Schlimmes passiert sein musste.«

»Du hast es gut, Shō-chan«, sagte ich. »Warum bin ich das Kind meiner Mutter und nicht du?«

»Da kann man nur sagen: Schicksal. Ich hatte einfach Glück. Ebendeshalb will ich für dich tun, was ich kann.«

»So wie meine liebe Tante es sich gewünscht hat.«

»Schon, aber was ich für dich tun könnte, weiß ich selber nicht genau.«

»Dass ich euch nach so langer Zeit wiederbegegnet bin, ist ein großes Geschenk.«

Kaum hatte ich das gesagt, war mir, als würde

meine Tante mich zärtlich umarmen. Schon wieder wollten mir in dem dämmrigen Zimmer die Tränen kommen.

Hey, auch du hattest doch eine Familie. Obwohl es am Ende danebenging. Aber es gab auch eine fröhliche Zeit. Wo wir alle an diesem Tisch saßen und unsere Pläne für die bevorstehenden Ferien diskutierten, wo Papa und ich im Garten die Blumen besprengten und dabei herumalberten, ging es mir durch den Kopf, und jetzt erinnerte ich mich zum ersten Mal deutlich und lebhaft an unseren Garten.

»Mir reicht das hier. Komm, wir gehen in den Garten«, sagte ich. »Dieses Haus ist ein Graus. Ich will lebendiges Grün sehen!«

Shōichi nickte.

Wir ließen die duftenden Blumen auf dem Tisch liegen, bliesen die Kerzen aus und gingen schnell aus dem Zimmer. Noch immer sah und roch ich überall Blut. Alles Putzen und Lüften würde nichts nützen, dachte ich. Eigentlich halte ich wenig von der Theorie, dass die Energien eines Menschen zurückbleiben und untergründig weiterwirken, aber hier konnte ich am eigenen Leib spüren, wie die Stimmung auf mich überging und ewig fortzudauern schien.

Als Shōichi mir von der Person erzählt hatte, die

knapp dem Tod entronnen war, hatte ich es einfach zur Kenntnis genommen. Erst hier wurde mir jedoch bewusst, wie erleichtert ich gewesen war. Wenn mir fast schwarz vor Augen wurde, erinnerte ich mich an jenes Foto mit dem lächelnden Gesicht von Frau Kuma. Welch ein Glück, dass sie es geschafft hatte, hier lebend rauszukommen.

Plötzlich kam mir ein Gedanke: Am meisten hat wohl der Mensch gelitten, der das Unheil angerichtet hat. Ein Mensch mit rabenschwarzem Herzen. Warum vergibst du Mama nicht? Das Leben muss für sie die Hölle gewesen sein. Mama, die einem krankhaften Perfektionismus verfallen war und alles und jedes, was sie in ihrem Laden anbot, selber probieren wollte und dabei zusehends dicker wurde. Wäre es dabei geblieben, hätte sie bestimmt auch Erfolg gehabt. Doch ihre unersättliche Gier ließ sie nicht ruhen.

Als wir in den Garten hinaustraten, regnete es nicht mehr. Noch immer war der Himmel mit dicken, schweren Wolken bedeckt. Es konnte jeden Moment wieder losschütten. Der Anblick des verwilderten Gartens schmerzte mich, aber die frische Luft, mit der sich meine Lungen füllten, tat gut. Mein Körper löste sich ein wenig aus seiner Verkrampfung.

»Ich finde, Frauen sind nicht unbedingt fürs harte

Business geschaffen«, sagte ich. »Es gibt viele Berufe, bei denen sehe ich kein Problem, zum Beispiel eine Arbeit im sozialen Bereich. Auch solange ein stressiger Job zeitlich begrenzt und die Frau körperlich robust genug ist – okay, von mir aus. Aber sonst bin ich skeptisch.«

»Ziemlich konservativ, deine Ansicht«, sagte Shōichi. »Meine Mutter hatte auch ein eigenes Geschäft.«

»Das ging, weil sie dich und deinen Papa hatte«, entgegnete ich. »Aber bei meiner Mutter war es anders. Je mehr Filialen hinzukamen, desto stressiger wurde es für sie. Sie war ja nie ein ausgeglichener, in sich ruhender Mensch gewesen. Deswegen war es ein Fehler, sich diese Bürde aufzuladen.

Die Séancen arrangierte sie letzlich nur, um ihr Unternehmen auf Erfolgskurs zu halten. Sie erhoffte sich, auf diesem Weg gewisse Hinweise zu bekommen. Der Druck wurde immer größer, die Stimmung bei uns zu Hause immer unerträglicher. Mama war dauernd auf hundertachtzig, und Papa versuchte die Situation zu entschärfen, indem er ihr nach dem Mund redete und alles vermied, was sie hätte provozieren können. Sie war wie ein dickes, eiterndes Geschwür, das bei der geringsten Berührung platzen konnte«, sagte ich und setzte hinzu: »Aber dass Mama diese verrückte Tat beging, kann ich jetzt noch nicht glauben. Irgendwann landet sie wegen ihrer hysterischen Anfälle wieder in der Klinik, oder sie klappt bei der Arbeit zusammen, dachte ich. Das wäre nicht mal so schlimm gewesen, denn dann hätte sie endlich Abstand nehmen, sich ausruhen, den Kopf frei kriegen müssen, und nach einiger Zeit wäre unsere Mama wieder gesund und erholt nach Hause gekommen … Aber das war ein naiver Gedanke.«

»Ich verstehe das. Man hofft ja immer, gerade weil es die eigene Familie ist«, sagte Shōichi. »Wie oft hab ich mir gewünscht, es wäre nicht wahr.«

Obwohl der Winter nahte, glänzten die Blätter der Kamelien und Gardenien noch immer in dunklem Grün. Die Waldreben, die ich früher einmal gepflanzt hatte, reckten ihre Arme in alle Richtungen. Ebenso wucherten die Rosen; sie würden gewiss auch in einigen Jahren noch blühen.

»Also für mich besteht kein Zweifel mehr. In jener Klinik war ich nie untergebracht. Der Garten war diesem hier ähnlich, das hat mich verwirrt. Deswegen sind mir gestern auch all die Gefühle hochgekommen, die mit diesem Garten verbunden sind … Jetzt erinnere ich mich wieder genau, wie er früher ausgesehen hat«, sagte ich.

»Bist du dir so sicher?«, sagte Shōichi.

»Aber ja, schon die Ausrichtung ist anders. Wenn

die Sonne untergeht, kommt das Licht aus einer anderen Richtung. Es ist jetzt wolkig, aber Westen ist da drüben, ja? Wenn ich in dem anderen Garten in die gleiche Richtung gucke, also Richtung Shibuya, fällt das Abendlicht nicht so ein wie hier. Das ist mir gestern entgangen. Ich habe wohl die beiden Orte vermischt.«

»Je länger die Ereignisse zurückliegen, desto diffuser die Erinnerungen. Ist doch normal, dass einem alles durcheinandergerät.«

»Bleibt nur die Frage offen, wohin ich nach jenem Vorfall gekommen bin.«

Wie oft hatte mir dieser Garten Trost gespendet … Seit meinem zehnten oder elften Lebensjahr gab es auf dieser Erde nur zwei Orte, an denen ich mich richtig wohl fühlte: mein Zimmer und der Garten. Hier war mir alles vertraut, sogar das Ameisennest im hintersten Winkel. Im Sommer pflanzte ich bunte Trichterwinden in Töpfe und stand früh auf, um sie zu gießen. Mit Korallenstücken, die ich am Meer gesammelt hatte, verzierte ich sämtliche Blumenbeete. Der Gärtner gab acht, ja nichts kaputtzumachen, und half mir bei der Pflege meines Pflanzenreichs.

Als mir wieder bewusst wurde, wie sehr ich diesen Ort geliebt hatte, spürte ich eine große Kraft, die meinen Körper durchströmte. Eine Kraft, die mir Zuversicht und Mut schenkte, als wolle sie mir sagen: »Geh deinen Weg, ohne dir Sorgen zu machen. Es wird alles gut werden.« Ein Gefühl, auf diesem Flecken Erde, der meine Heimat war, mit beiden Beinen fest zu stehen, von ihm gestützt und getragen zu werden. Genau, dieser Garten war immer gut zu mir gewesen, hatte mich stets freundlich empfangen, wenn ich ihn aufsuchte und in ihm herumwanderte. Was habe ich hier für wundervolle Stunden verbracht!, dachte ich ergriffen, und ich konnte mich sogar wieder an den Gärtner und seine Frau erinnern, mit denen ich mich angefreundet hatte.

Zwar hatte sich der Garten jetzt fast in einen Dschungel verwandelt, aber meine Augen fanden dennoch die schmalen Pfade wieder, die sich damals durch den Garten geschlängelt hatten.

»Bis eben war alles so deprimierend, aber jetzt stehe ich hier und merke, wie lieb mir dieser Ort gewesen ist. Das hatte ich völlig vergessen! Wenn ich in den Garten hinaustrat, fühlte es sich an, als würde ich in ein heißes Quellenbad sinken, oder als würde ich von jemandem in die Arme genommen werden. Ich bin dir so dankbar, Shō-chan, dass wir zusammen hierhergekommen sind«, sagte ich und fuhr fort: »Da meine Eltern immer viel zu tun hatten, ging ich oft in den Garten. Meine Haut war von der Sonne braungebrannt. Einmal im Monat kam das Gärtnerehepaar. Von ihnen wurde ich richtig verwöhnt. Sie gaben mir Süßigkeiten, und irgendwann brachte die Gärtnersfrau zum gemeinsamen Lunch auch Sandwiches für mich mit. Wie es den beiden wohl geht? Ich würde sie gerne wiedersehen.

Zusammen rupften wir Unkraut aus, kümmerten uns um die Winden, beobachteten vielerlei Insekten. Geduldig zeigten sie mir, wie man die verschiedenen Pflanzen und Blumen pflegt. Auch die Rosen. Ich lernte sogar, die Rosenstöcke so hochzuziehen, dass sie zu einem Torbogen zusammenwuchsen. Schon als kleines Mädchen träumte ich davon, Gärtnerin zu werden, und jetzt verstehst du vielleicht, warum ich in die Toskana zu meinem Freund wollte: weil es da diesen Olivenhain gab. Und einen riesigen Garten mit Gemüse und Blumen. Komisch, das hatte ich völlig vergessen, obwohl es mir doch so wichtig war. Warum wohl … Hm, vielleicht gerade *weil* es mir so wichtig war? Weil es ein Geheimnis war, von dem ich niemandem erzählte? Mama, das weiß ich noch, sah es nicht so gern, wenn ich vergnügt mit dem Gärtner zusammen war.«

Shōichi nahm mich in die Arme.

Jetzt umarmen dich gleich zwei, dachte ich. Der Garten und Shōichi.

»Das tu ich nicht aus Mitleid. Es ist einfach zu traurig.« Shōichis Stimme bebte.

»Dann eben doch aus Mitleid, oder nicht?«, antwortete ich.

Und plötzlich, während wir so umschlungen dastanden und ich über Shōichis Schulter hinweg in den Himmel schaute, kam mir noch etwas in den Sinn. Es hatte mit Papa zu tun.

Ich erinnerte mich, dass Papa mich hier auch mal in die Arme genommen hatte. Dass ich mit dem gleichen Gefühl wie jetzt in den Himmel geschaut hatte.

Es war im Spätsommer, früh am Morgen. Papa und ich sammelten die Samen der Trichterwinden. Papa wirkte bedrückt. Ich fragte: »Was ist los?«

Da sagte Papa: »Mama braucht mich anscheinend nicht mehr.«

»Das heißt, ihr lasst euch scheiden?«, fragte ich geradeheraus.

Ich war damals in der Grundschule und alt genug, um mir vorstellen zu können, was Vater meinte.

»Nein, das nicht. Aus dem Familienregister wird niemand gestrichen, denke ich. Wir werden wohl einfach getrennt leben«, sagte Papa.

»Dann komm ich aber mit, Mama hat eh keine Zeit für mich. Der Onkel ist ja auch noch da, allein ist sie also nicht. Und wenn es nur ein kleines Zimmer ist – ich geh mit dir, Papa«, sagte ich entschieden.

Papa schloss die Augen, aber dann flossen ihm die Tränen über, und er bedeckte sein Gesicht. So schluchzte er eine Weile. Ich umklammerte Papas Hand, so fest ist konnte. Er kniete vor mir nieder und drückte mich fest an sich. Ich konnte sein Gesicht nicht sehen.

»Papa will Yumi-chan nicht verlieren. Die Familie kann kaputtgehen, aber Yumi-chan ist und bleibt Papas Tochter.«

Ich schaute wie jetzt in den Himmel. Und sah, wie langsam etwas zerbrach.

»Papa, notfalls können wir bei der Tante unterkommen. Wollen wir da nicht hingehen, bis wir ein neues Zuhause gefunden haben? Ich glaube, es wäre schön bei Shō-chan, der Tante und ihrem Mann.«

»O ja, das wäre schön«, sagte Papa niedergeschlagen. »Das wäre sicher schön.«

Doch es kam anders. Weder ließen sich Mama und Papa scheiden, noch zog jemand aus; stattdessen blieb Papa, wo er war, das heißt, er bewohnte jetzt allein einen Teil des Hauses, führte also innerhalb der Familie ein getrenntes Dasein. Für mich eine schwierige Situation.

Ich sah Papa vor mir, wie er geweint hatte, und musste selber weinen.

Shōichi hielt mich fest umarmt. Wie eine Mutter, die ihr Kind tröstet. Noch immer hingen die Wolken schwer am Himmel, aber langsam begannen sie sich zu lichten. Auch diese Reise neigt sich dem Ende zu, dachte ich. Doch es hat sich gelohnt. Erinnerungen sind ein unersetzlicher, kostbarer Schatz. Welch ein Glück, einige davon wieder zurückgewonnen zu haben.

Frau Kuma hatte offenbar eine E-Mail geschickt. Da ich im Hotel vor Müdigkeit gleich ins Bett gefallen war, erfuhr ich davon erst am nächsten Morgen beim Frühstück. Shōichi sagte, er habe sie bereits angerufen und mit ihr gesprochen.

Das Büfett, auf dem sich silberne Teller und Schalen mit hübsch arrangiertem Obst, mit Eierspeisen und Gemüse aneinanderreihten, war noch nicht von vielen Gästen belagert.

Ich war früh aufgewacht, hatte geduscht und dann Shōichi angerufen. Er schlug mir vor, gemeinsam zu frühstücken. Meine Augen, die noch am Vortag verschwollen gewesen waren, sahen wieder normal aus. Der Tag fing gut an.

»Können wir Frau Kuma heute treffen?«, fragte ich.

»Wir haben uns für elf Uhr verabredet. Es scheint ihr recht zu sein, wenn wir zusammen kommen.

Natürlich nur, wenn es dir nichts ausmacht«, sagte Shōichi.

»Nein, gar nicht. Besser, wir fahren zusammen hin«, sagte ich.

Der erfrischende Fruchtsaft schien jede einzelne Zelle meines Körpers zu stärken. Schon seit ich aufgestanden war, hatte ich das Gefühl, dass sich in mir etwas regte, dass etwas in Bewegung gekommen war. Was lange Zeit wie von einer schweren Last niedergedrückt wurde, versuchte sich nun zu befreien.

»Ich habe Frau Kuma auch erzählt, wo wir gestern gewesen sind. Sie meinte, es brauche Mut, sich nach so vielen Jahren mit der Sache auseinanderzusetzen, aber wenn du diesen Mut aufbringen würdest, sei es geradezu ihre Pflicht, dir dabei zu helfen. Ich denke, sie ist ganz nett. Jedenfalls war da nichts Komisches oder Verdächtiges an ihr.«

»Auf dem Foto wirkt sie ja auch völlig normal, oder? Nachdem wir gestern am Ort des Geschehens gewesen sind, kann ich es je länger je weniger fassen. Was meine eigene Mutter da angerichtet hat.«

»Mutter hat…« Shōichi machte eine Pause und fuhr dann fort: »Sie hat mir mal erzählt, was sie von Großmama gehört habe: Wenn man in der Hexenschule Tag für Tag Dinge lernt, die mit der normalen Wirklichkeit nichts zu tun haben, verändert sich die Wahrnehmung; dann schärft sich der Blick für versteckte Zeichen und Symbole, und am Ende sieht man nichts anderes mehr. Na ja, eine Stadt wie Turin hat vielleicht schon ihre Geheimnisse. Gibt's da nicht diese Mumien? Würde mich nicht wundern, wenn der ganze Untergrund voll davon wäre.

Mutter sagte, sie habe das mit dem Alter auch gemerkt. Dass alles, was einem begegnet oder widerfährt, eine tiefere Bedeutung hat. Sobald man die erkenne, beginne man die Logik der Dinge zu verstehen, und es stelle sich ein Allmachtgefühl ein, die Überzeugung, alles durchschauen und in die gewünschte Richtung lenken zu können. Vor allem, wenn die mentale und auch körperliche Belastung zu groß werde, bestehe durchaus die Gefahr, dass eines Tages die Sicherungen durchbrennen. Denn in dem Wahn, in der krankhaften Überzeugung, das einzig Richtige und Unumgängliche zu tun, sei alles möglich. Sogar Mord.

Aber Mutter meinte, solange man auf seinen Körper achte, könne nichts passieren. Instinktiv spüre der Körper, dass etwas nicht stimmt, und sende entsprechende Warnsignale aus. Mutter hat auf ihre körperliche Verfassung immer sehr geachtet. Sie wusste, wie wichtig ein gesunder Körper für die geistige Gesundheit ist.

Dass deine Mutter nicht mehr fähig war, ihr wahnhaftes Tun zu erkennen, offenbart, wie schlimm es um sie stand. Wäre sie noch am Leben, würde sie aber wohl versuchen, sich mit irgendeinem spitzfindigen Argument herauszureden. Das Töten war in ihrer Wahrnehmung eine Notwendigkeit, eine logische Konsequenz von etwas.«

»Kann es denn sein, dass wirklich *niemand* bemerkt, wie sich da etwas zusammenbraut?«, sagte ich. »Was muss ich für eine Dumpfbacke gewesen sein!«

»Nein«, erwiderte Shōichi, »jeder will doch, wie ich schon gestern sagte, an seine Eltern glauben, will hoffen und vertrauen. Keiner rechnet mit dem Schlimmsten, mag das Gebaren noch so seltsam sein. Schauen wir nicht alle durch eine rosa gefärbte Brille? Wir möchten sie doch lieben, unsere Eltern. Das ist der Punkt. Ein Außenstehender hätte die Gefahr sicher erkannt, aber bei Angelegenheiten, die einen direkt nichts angehen, ist man halt vorsichtig und sagt lieber ein Wort zu wenig als zu viel.«

Allmählich begann ich im Morgenlicht das Naheliegende, Selbstverständliche zu verstehen. Kleine, unscheinbare Veränderungen führen unversehens zu einer großen, verhängnisvollen Veränderung, doch weil diese Veränderungen schleichend passieren, schenkt man ihnen kaum Beachtung und denkt, es wird schon nicht so schlimm sein. Mit fatalen Folgen.

Wie wünschte ich mir, diesen Ort noch einmal zum Leben erwecken und den Lauf der Geschichte ändern zu können! In dieses unselige, verwahrloste Haus Leben bringen ... Einen großen Laden einrichten mit feinen Spezialitäten und einem Café, wo sich die Leute aus der Nachbarschaft gemütlich treffen – was wäre das für ein Segen, auch für mich und meinen Seelenfrieden.

Hätte ich mein Leben selber noch einmal in die Hand nehmen können, hätte ich die Idee vielleicht verwirklicht. Doch dafür war es zu spät. Zu spät bedeutete aber nicht, dass alles umsonst war. Denn schon allein durch die Kraft meines Wunsches lösten sich die innerliche Anspannung und Verhärtung ein wenig. Das tat gut.

Der Kloß in meinem Hals wollte aber nicht weichen. Da ich keinen Bissen Brot hinunterbekam, versuchte ich es mit ein paar Apfelschnitzen. Shōichi biss hungrig in ein Brötchen und nahm einen Schluck Kaffee. Beim Kauen mümmelte er wie ein Hase. Amüsiert ließ ich meinen Blick durch das Restaurant schweifen. All die Bewegungen der hier anwesenden Menschen, die sich zu einem unruhigen und dennoch harmonisch wirkenden

Ganzen vereinten … Könnte ich doch ewig hier sitzen bleiben und mit Shōichi das Frühstück genießen, dachte ich. Wie – das war das Leben? Ja, sagte ich mir, das war das Leben, und es schien mir gut so. Wegen Mutter hatte ich lange geglaubt, ich müsste so erfolgreich werden wie sie oder aber, falls ich es nicht schaffen sollte, mein Leben in Demut und Bescheidenheit verbringen. Aber nein, das war Unsinn. Das Leben bestand im Wesentlichen aus viel einfacheren Dingen. Es genügte, mit meinem Cousin, den ich lange nicht mehr gesehen hatte, eine kleine Reise zu unternehmen, in einem hübschen Hotel zusammen zu frühstücken, das Essen mit diesem meinem Körper in Energie umzuwandeln, den noch jungen Tag mit diesen meinen Augen zu genießen. So sah ich das Leben.

Frau Kumas Praxis befand sich etwas versteckt am Ende der langen Einkaufspromenade von Sangenjaya*.

Ich war nervös, während Shōichi sich nichts anmerken ließ und sich darauf konzentrierte, in der Nähe einen Parkplatz zu finden. Das klappte schneller als erwartet. So, gehen wir, sagte er und warf einen Blick auf die ausgedruckte Karte, mit

* Viertel im Tōkyōter Stadtbezirk Setagaya. (A. d. Ü.)

deren Hilfe er das grauweiße Mehrfamilienhaus im Nu fand.

Ich war voller Erwartung, fühlte mich aber auch ein wenig bedrückt; denn wieder einmal würde ich mit meiner unseligen Vergangenheit konfrontiert werden. Ich redete mir Mut zu: Komm, reiß dich zusammen!

Die Apartments in dem Mehrfamilienhaus stellte ich mir sehr geräumig vor, wegen der großen Fenster. Und da die Miete wohl entsprechend teuer ist, mutmaßte ich weiter, wird sie mit ihrer Arbeit nicht schlecht verdienen. So wie Mama mit ihren Geisterséancen.

Der Hauseingang war nicht verschlossen. Wir nahmen den Aufzug, und als wir vor Frau Kumas Apartment standen, drückte Shōichi den Knopf der Gegensprechanlage. »Ja bitte!«, tönte es aus dem Lautsprecher. Einen Augenblick später öffnete sich die Tür. Vor uns stand Frau Kuma, so zierlich wie auf dem Foto im Internet.

Sie sah ein wenig älter aus, hatte aber klare, leuchtende Augen. Das braungefärbte Haar fiel ihr wellig über die Schultern. Sie trug eine schneeweiße Strickjacke, wodurch ihr Körper noch schmaler wirkte, wie ein schmaler Ast. Ihre Erscheinung war sehr gepflegt; sie hätte die Besitzerin einer Boutique sein können.

Sie sah mich gerührt an, mit einem warmen Blick.

Ich wäre am liebsten in den Boden versunken. Meine Mama wollte Sie töten. Bitte vergeben Sie mir!, flehte ich sie in Gedanken an.

Als wäre es das Normalste der Welt, sagte sie lächelnd und mit einer leisen, hohen Stimme: »Bitte, kommt herein.«

Sachte berührte sie meine Schulter und ermunterte mich einzutreten. Auch Shōichi lächelte sie zu, grüßte ihn mit einer leichten Verbeugung. Er folgte mir und zog seine Schuhe aus.

Der lange Flur schien in so etwas wie ein Wohnzimmer zu münden. Wahrscheinlich wohnt sie auch hier, dachte ich und fragte mich zugleich, ob sie, wenn sie alleinstehend war, keine Angst verspürte, bei all den Leuten, die zu ihr kamen, und nach dem, was sie erlebt hatte … Oder hat es sie im Gegenteil stark und mutig gemacht? Wer weiß, durch welche Hochs und Tiefs sie hindurchgegangen ist. Vielleicht ein Leben wie eine Achterbahnfahrt.

Wir wurden in ein größeres Zimmer nahe dem Eingangsbereich geführt. Dort standen ein weißes Sofa und ein Sessel, dazwischen ein niedriger Tisch. Obskure Gegenstände oder Kristallkugeln gab es nicht. Es war ein einfaches, aber geschmackvoll eingerichtetes Zimmer. Auf dem Tisch standen eine Blumenvase mit einem üppigen Strauß Anemonen sowie ein Stövchen, in dem eine Kerze brannte. Lavendelduft. Die ganze Atmosphäre war sehr feminin, so hell und rein und zart, dass ich mir richtig plump vorkam. Als Frau Kuma hinausgegangen war und ich Shōichi zuflüsterte, wie ich mich fühlte, flüsterte er verschwörerisch zurück: »Geht mir ganz genauso!« Ich musste lachen.

Mein Blick wanderte zum Fenster. Man konnte von hier aus den Carrot Tower sehen. Erst jetzt wurde mir klar, wo genau wir uns befanden. Draußen pulsierte das pralle Leben, während hier drin fast Totenstille herrschte – als schwebten wir auf einer Wolke. Die leise Musik von Mozart im Hintergrund verstärkte diesen Eindruck noch.

»Entschuldigung, ich habe Sie warten lassen.«

Ohne ein Geräusch war sie ins Zimmer getreten. Sie trug ein silbernes Tablett. Wie eine Elfe, ging es mir durch den Kopf. Leise schloss sie die Tür hinter sich, stellte das Tablett auf den Tisch, setzte sich in den Sessel und schob uns zierliche Tässchen mit Pfefferminztee hin. Dazu eine kleine Schale mit Keksen.

»Also, ich bin Yumiko Konami. Ich möchte mich für die schreckliche Tat meiner Mutter entschuldigen und um Vergebung bitten«, sagte ich. »Wenn ich nur wüsste, wie. Jedenfalls war es ein großer Wunsch von mir, Sie zu sehen.«

»Aber nein, ich bin da aus freien Stücken hingegangen, nicht weil Sie es wollten. Sie brauchen sich für nichts zu entschuldigen«, sagte Frau Kuma mit einem etwas traurigen Gesichtsausdruck. »Glauben Sie es mir. Ich habe nie anders gedacht.«

»Ich heiße Shōichi Takahashi und bin der Cousin von Yumiko. Der letzte Wunsch meiner Mutter war, dass ich Yumiko helfe, wenn sie Hilfe braucht. Das wollte ich gerne tun, und so sind wir jetzt ein paar Tage unterwegs, auf den Spuren der Vergangenheit«, sagte Shōichi.

Frau Kuma lächelte und deutete eine Verbeugung an. Dann sagte sie: »Herr Takahashi, ich kann mir gut vorstellen, was Sie dazu bewegt hat. Es ist ja auch eine furchtbare Geschichte. Noch heute fühle ich mich manchmal wie ein Schatten meiner selbst. Als würde sich meine Existenz verflüchtigen, wenn ich nicht aufpasse und mich dagegen wehre. Selbstverständlich erzähle ich das nicht, um Yumiko ein schlechtes Gewissen zu machen oder ihr etwas vorzuwerfen, nein. Es ist nur so, dass auch ich in ein rabenschwarzes Loch gefallen bin und lange Zeit nicht mehr herausfand. Das Gefühl, unverdient dem Tod entronnen zu sein, ist noch immer da und wird wohl nie ganz verschwinden.«

»Unverdient?! Sie wissen nicht, wie dankbar ich

Ihnen bin, dass Sie am Leben sind!«, protestierte ich. »Was müsste *ich* denn sagen?«

Frau Kuma schüttelte entschieden den Kopf. »Nein, Kinder sind die Zukunft, sie müssen um jeden Preis beschützt werden. Es gibt nichts Kostbareres als das Leben eines Kindes. Sie waren damals noch ein Kind. Dafür, dass ich Sie vor dem Unheil nicht habe bewahren können, sollte vielmehr ich mich entschuldigen.«

»Aber ganz und gar nicht. Ich frühreifes Mädchen hatte schon einen Freund und war in meinem Zimmer damit beschäftigt, meine Sachen zu packen, für eine Reise nach Italien. Als unten das Geschrei losging, hätte ich ja zu Hilfe kommen oder wenigstens die Polizei rufen können«, sagte ich. »Aber ich hatte Angst. Ich hab es immer gehasst, wenn meine Mutter ihre Séancen abhielt. Das dramatische Getue, die schauerliche Stimmung… Ich wollte nichts hören, nichts wissen, obwohl das Geschrei unüberhörbar war. Es tut mir leid. So schloss ich die Tür ab, drehte die Musik auf und wartete. Ließ die Zeit verstreichen. Wie kann man nur, werden Sie jetzt denken, wie kann man nur so schwach und feige sein?!«

Endlich habe ich mich entschuldigen können, dachte ich. Wenigstens das. Mir wurde ein wenig leichter ums Herz.

Frau Kuma schüttelte abermals den Kopf und sagte ruhig: »Nein, das stimmt nicht. Sie haben sich nichts vorzuwerfen. Sie waren ein Kind. Lebensfroh und unbeschwert. Die Zukunft lag vor Ihnen. Doch dann kam diese Sache dazwischen. Kinder fürchten sich, wenn Erwachsene laut und unberechenbar werden, und versuchen instinktiv, sich zu schützen, indem sie nicht nur die Zimmertür, sondern auch ihr Herz vor der Gefahr verschließen. Das ist ganz normal. An den Schuldgefühlen, die Sie plagen, sind die Erwachsenen schuld, nicht Sie. Auch ich gehöre dazu, leider. Deshalb möchte ich es Ihnen noch einmal sagen: Sie haben nichts Schlechtes getan und niemals auch nur die geringste Schuld auf sich geladen.«

Frau Kuma nahm meine Hand. Sie war eiskalt, aber es fühlte sich an, als würde etwas Warmes von ihrer Hand in meine fließen. Das helle Licht der Nachmittagssonne schien ihre hauchzarte Erscheinung für einen Moment fast zu verschlucken.

»Bei Gefahr ergreifen wir automatisch die Flucht oder versuchen uns auf andere Art zu schützen, körperlich wie seelisch. Kinder tun das erst recht. Es gibt also keinen Grund, irgendetwas zu bereuen, ja? Das können Sie mir ruhig glauben.«

Am liebsten hätte ich wie ein kleines Kind losgeheult, doch angesichts der rotbraunen Narbe an ihrem Hals nahm ich mich zusammen. Und als ich Shōichi bemerkte, wie er eingesunken am Rand des Sofas saß, war mir noch weniger nach Weinen zumute. Seine Augen glänzten klar und rein wie Morgentau auf einem Lotosblatt.

»Bitte verzeihen Sie mir, dass ich nichts für Sie tun kann«, sagte Frau Kuma.

»Ich habe Sie sehen dürfen, Sie sind am Leben. Das ist mehr als genug«, sagte ich.

Frau Kuma nickte nachdenklich.

»Seit jenem Unglück habe ich mein Interesse am Okkultismus verloren. Oft ist die Hinwendung zu okkulten Ritualen ja auch eine Art sinnlicher Ersatzbefriedigung. Wenn man sich da reinziehen lässt, wird es gefährlich, denn in den Abgründen unserer Seele lauern unbewusste, bedrohliche Ängste, die zu irrationalen Handlungen führen können.

Ich bin also ausgestiegen und kümmere mich jetzt, so gut ich kann, um die alltäglichen Sorgen der Menschen. Das Leben verdanken wir einer großen Kraft, sei es nun die Natur oder Gott oder was auch immer, und als Dank für mein gerettetes Leben habe ich mich entschieden, anderen Menschen in Not zu helfen. Dass ich Ihrem Vater nicht helfen konnte, tut mir sehr leid. Es macht mir noch heute zu schaffen. Das kommt davon, wenn man seine

Nase in private Angelegenheiten steckt, hieß es. Nun, am Ende ist mir was in den Hals gesteckt worden.« Frau Kuma lachte etwas gequält.

Ein bitterer Scherz, dachte ich, versuchte aber auch ein Lächeln.

»Ich hatte Glück, die Stichwunde war nicht so tief, und durch die schnelle Behandlung nahm die Sache ein glimpfliches Ende. Allerdings verheilte die Narbe nicht optimal. Sie sehen die dunkle, wulstige Stelle hier, das ist ein sogenannter Keloid. Offenbar hab ich die Veranlagung dazu. Aber am schlimmsten waren die seelischen Schmerzen. Es war ein harter Weg. Ich konnte in keinen Zug mehr einsteigen und kein dunkles Zimmer mehr betreten. Jedes Mal, wenn es regnete, packte mich die Angst, und ich verkroch mich wimmernd im Bett. Und wenn ich endlich einschlief, verfolgten mich furchtbare Träume. Dazu die Schmerzen am Hals … Sicher zehn Jahre lang war an ein normales Leben nicht zu denken. Es kam mir vor wie eine Ewigkeit.

Irgendwann habe ich mich wieder gefangen, den Weg ins Leben zurückgefunden. Am meisten tut mir aber Ihre Mutter leid. Sie hat mir mal gesagt, sie würde in Japan gern eine Hexenschule aufmachen. Mit ihren finanziellen Mitteln wäre das sicher möglich gewesen. Zu jener Zeit schien sie wahnsinnig gehetzt zu sein, schnell, schnell sollte alles gehen. Und auf einmal war der ganze Boden weg«, sagte Frau Kuma.

»Boden? Was meinen Sie damit?«, fragte ich.

»All das, was uns das Leben ermöglicht, woraus wir Kraft schöpfen. Bedingungslos geliebt und geherzt zu werden. Erinnerungen an schöne Sonnen- oder Regentage. Mit einem feinen Essen verwöhnt zu werden. Jemandem etwas Nettes sagen und sich mit dem anderen freuen. Sich abends in die warme Decke einmummeln. Die tiefe Gewissheit, dass man auf der Welt willkommen ist – solche Sachen eben. Selbst wenn es nicht so viele davon gibt, kommen immer wieder welche hinzu, und was schon da ist, bekommt eine neue Färbung oder wird ganz überdeckt. So ist es den Menschen möglich, auch schwierige Zeiten zu überstehen. Ebendas ist doch der Sinn des Bodens: dass etwas darauf entstehen und wachsen kann.

Bei Ihrer Mutter war das sicher auch vorhanden, doch hat sie die konstruktiven Möglichkeiten nicht genutzt, sie ignoriert, bis es zu spät war, oder sich so sehr auf ihre fixe Idee konzentriert, dass sie bereit war, alles dafür zu opfern.«

Ich nickte. »Was geschehen ist, will ich nicht darauf zurückführen, aber glauben Sie, dass man von einem Geist besessen sein kann?«

»Nein, das glaube ich nicht«, sagte Frau Kuma. »Das ist nur eine Redensart, um einen bestimmten Zustand zu beschreiben, für den man keine treffenderen Worte findet. Das gilt übrigens auch für den Teufel und Satan. Solche Wörter existieren aus Bequemlichkeit, weil es einfach ist, damit gewisse Phänomene zu beschreiben. Ich denke nicht, dass jenes Unglück das Werk eines Teufels oder bösen Geistes war, nein. Die Behauptungen der Medien gingen in diese Richtung, aber das ist Quatsch. Meiner Meinung nach war es, ganz profan, die Tat eines fehlgeleiteten Menschen. Ich kann mich noch genau erinnern. Hypnotisiert, wie ich bei der Séance damals war, sah ich tatsächlich gespenstische Schatten, hörte die Stimme einer Person, die gar nicht da war, und obwohl niemand sie berührt hatte, fiel eine Blumenvase zu Boden und zerbrach. Ja, so war es, und dennoch glaube ich nicht an Gespenster.«

»Da bin ich froh. Wenn ich Ihnen nur sagen könnte, wie sehr Sie mir geholfen haben.«

»Ihr ganzer Körper sagt es mir. Auch das ließe sich bequem mit einem Wort wie Aura oder so erklären, doch darum geht es nicht. Man muss nur genau hinschauen, dann merkt man: Es ist eine rein physische Angelegenheit. Ein Rätsel wie gemacht für Sherlock Holmes. Wenn man darauf achtet, wie sich eine Person bewegt, was sie sagt und in welcher Abfolge, wohin die Augen wandern und so weiter, dann erfährt man eine ganze Menge über sie, es ist erstaunlich. Wichtig dabei ist allerdings, dass man die Person unvoreingenommen betrachtet. Wir Menschen haben leider die Tendenz, bei allem, was uns begegnet, immer nur uns selbst zu sehen«, sagte Frau Kuma und fuhr fort: »Menschen können alles. Vergessen Sie das nicht. Dass Sie jetzt hier sind, ist eine riesige Überraschung, damit habe ich nicht im Traum gerechnet. Doch Menschen schaffen alles, und wenn es sein muss, mit Hilfe eines anderen Menschen. Man kann es auf diese oder jene Weise erklären, aber letztlich ist die Hilfe, die Sie bekommen, nichts anderes als Liebe. Echte, wahrhafte Liebe, die wieder zu richten vermag, was Ihre Mutter bei Ihnen angerichtet hat.«

»Genau was meine Mutter vor ihrem Tod auch gesagt hat«, bemerkte Shōichi.

Frau Kuma lächelte und deutete ein Nicken an.

»Sie sind von der Natur reich beschenkt worden – klug und hübsch, und die Menschen lieben Ihre fröhliche, charmante Art. Da bin ich mir ganz sicher. Aber alle, sogar die Götter und Engel, wenn sie denn existieren, die Seelen der Bäume und Blumen im Garten, alle haben großes Mitleid mit Ihnen, weil Sie ausgerechnet in eine solche Familie hineingeboren wurden und niemand Ihnen geholfen hat.«

»Ja, auch meine Mutter nicht. Noch immer frage ich mich, warum«, sagte Shōichi.

Mit traurigen Augen schaute Frau Kuma Shōichi an.

»Fragen Sie mich bitte nicht. Ich weiß, warum, aber ich möchte es jetzt nicht sagen. Noch nicht. Wenn die Zeit gekommen ist, werde ich es tun. Es tut mir leid, dass ich nicht mehr für Sie tun kann, obwohl es ja eigentlich meine Aufgabe ist, Menschen zu helfen.«

Einen Moment lang sah es aus, als würden Frau Kuma die Tränen kommen. So wechselte ich vorsichtshalber das Thema.

»Was genau hat meine Mutter während der Séancen denn gemacht? Ich weiß nur, dass sie versucht hat, mit Verstorbenen Kontakt aufzunehmen. Die Anwesenden durften verschiedene Fragen stellen, und meine Mutter war dann das Medium, durch das die Verstorbenen antworten. Haben Sie das auch erlebt?«

»Solche Geisterbeschwörungen sollen tatsächlich stattgefunden haben. Sie hat auch bei überirdischen Wesen und Mächten, an die sie glaubte, Rat für ihr Geschäft gesucht, und manche Leute kamen, weil sie bei Ihrer Mutter Rat suchten, sich Hilfe für ihre privaten Probleme erhofften. Ich selbst bin zu ihr gegangen, weil ich überempfindlich war und auf alles extrem stark reagierte. So stark, dass es mir Angst machte. Schon seit längerem faszinierten mich Magie, Spiritualismus und dergleichen Dinge. Als ich hörte, dass jemand eine Schule für weiße Hexen gründen wollte, erkundigte ich mich nach der Person und entschied mich schließlich zur Teilnahme an jener spirituellen Sitzung. Es war das erste Mal, ausgerechnet. Heute denke ich aber, es war eine wichtige und notwendige Erfahrung in meinem Leben.

Als ich in das abgedunkelte, düstere Zimmer trat, kamen mir Zweifel, ob ich am richtigen Ort war. Doch damals vertraute ich meinem Instinkt noch nicht so wie heute und blieb. Im Verlauf der Séance benahm sich Ihre Mutter immer seltsamer. Der Blick starr, die Augen weit aufgerissen, fing sie plötzlich an, Ihren Vater zu beschimpfen, es kam zu einem Wortgefecht, das immer mehr eskalierte. Anfänglich war es um eine neue Geschäftsfiliale gegangen, in Brasilien oder Argentinien.«

»In Brasilien ein Spezialgeschäft für Kaffeebohnen? Ganz schön dumm«, sagte ich.

»Scheint aber öfter vorzukommen«, sagte Shōichi. »Dass man die Realität aus den Augen verliert. Meiner Mutter ist das auch immer wieder passiert, wenn sie zu lange über etwas sinniert hat. Doch sie nahm die Meinung anderer Leute ernst, hörte auf sie. Nicht selten wurde sie dann stutzig und brach in schallendes Gelächter aus. So kam sie auf den Boden der Realität zurück.«

»Wenn ich mich recht erinnere, sprach Ihre Mutter davon, in Brasilien einen japanischstämmigen jungen Mann zu adoptieren, für ihre Tochter«, sagte Frau Kuma, an mich gewandt.

»Jaja, die Sache mit dem Schwiegersohn in spe musste ich mir zu jener Zeit oft anhören. Weil sie, wie sie sagte, schon jetzt sehe, dass ich nicht geeignet sei, später einmal das Geschäft zu übernehmen. Bleibe also nur die Möglichkeit, mich anständig zu erziehen und teuer zu verkaufen … Das sollte vielleicht wie ein Scherz klingen, aber es schmerzte mich sehr. Und es würde mich nicht wundern, wenn Mutter tatsächlich so etwas vorschwebte. Tja, wenn das Geschäft wichtiger wird als das Kind, verwandeln sich Eltern in Monster«, sagte ich.

»Das dürfte bei Ihrer Mutter leider der Fall gewesen sein. Letztlich liegt das Problem wohl in der Kindheit«, sagte Frau Kuma. »Und das Ergebnis: Mir wurde der Hals aufgeschlitzt und Ihnen das Leben vermasselt. Toll, was?«

Sie lachte aus vollem Hals. Ich konnte nicht widerstehen und lachte mit.

»Aber dass wir beide hier sitzen und lachen, finde ich total gut. Dass wir keine gegenseitige Abneigung empfinden, sondern uns an diesem friedlichen Ort treffen und zusammen Tee trinken. Nicht resignieren, sondern stark sein – das schöne, befriedigende Gefühl, es zumindest versucht zu haben, kann uns keiner nehmen«, sagte Frau Kuma freudestrahlend.

Ich nickte, denn ich empfand es auch so.

Shōichi wollte das Treffen bezahlen. Es sei ja eine richtige Sprechstunde gewesen, versuchte er Frau Kuma zu überzeugen. Ohne Erfolg. Sie wies das Geld entschieden zurück.

»Es war auch mein Wunsch«, sagte sie und geleitete uns mit einem breiten Lächeln zur Tür.

»Danke.« Dieses Wort war nicht einfach so dahingesagt. Am liebsten hätte ich es noch mal und noch mal gesagt, aber dann dachte ich mir, weniger ist mehr. Ich fühlte mich, als wäre ich von einem großen, weichen Netz aufgefangen worden. Um für sich selbst dieses Netz zu spinnen, hat Frau Kuma wie viele Jahre gebraucht? Wie viele angsterfüllte, schlaflose Nächte erdulden müssen? Und dennoch hat sie mich willkommen geheißen und alles mit mir geteilt. Dafür war ich ihr von Herzen dankbar.

Stets hatte ich mich aus eigener Kraft durchs Leben geschlagen, und dann plötzlich so viel Fürsorge, Zuneigung, Liebe … Mir wurde fast bange. Was ich in der Kindheit von meinen Eltern bekommen hatte, als sie noch nicht auf Abwege geraten waren, bekam ich jetzt in anderer Form von anderen Menschen wieder, und ich fühlte immer deutlicher: Es war meine verstorbene Tante, die mit all ihrer Kraft über mein Dasein wachte und es beschützte.

Aber damals, in meiner Pubertät, hätte ich mir von Papa und Mama schon ein bisschen mehr Aufmerksamkeit gewünscht, dachte ich wehmütig. Wie hätte ich es genossen, mit ihnen etwas zu unternehmen, über dieses und jenes zu reden, ihre Nähe zu spüren, wenn mich danach verlangte. Das ist vielleicht ein Luxus, aber andererseits doch auch eine Selbstverständlichkeit. Nur ein bisschen mehr Aufmerksamkeit … Jetzt bekam ich sie.

Mit dem Auseinanderbrechen einer Familie geht alles verloren. Die Gedanken an die Zukunft, die Hoffnungen und Verheißungen entlarven sich als Illusion, und am Ende steht man, Wind und Wetter ausgesetzt, splitternackt da. Für all die Menschen, die ein ähnliches Schicksal erlitten haben wie ich, ist der größte Schock wohl die Erkenntnis, dass der Traum vom Lieben und Geliebtwerden nichts als eine Täuschung war.

»Frau Kuma ist sehr nett. Ich weiß nicht, wie ich mich durchgekämpft hätte, wenn mir die Kehle aufgeschlitzt worden wäre... Bewundernswert. So jemand möchte ich auch werden, nur hab ich leider nichts Großartiges zu bieten«, sagte Shōichi lachend.

»Shō-chan, ich mag das an dir, diese direkte, spontane Art. Das tut richtig gut«, sagte ich, während wir nebeneinanderher liefen.

An der großen Kreuzung wartete eine Schar von Leuten darauf, dass die Ampel von Rot auf Grün sprang. Männer und Frauen in mittlerem Alter, Kinder, Großväter, Großmütter, Jugendliche – bunt durcheinandergewürfelt standen sie alle da. Die fahrenden Autos erinnerten an das stetige Strömen eines Flusses. Ich stellte mir vor, wie in wenigen Augenblicken alle Leute auf einmal loslaufen und sich einen Weg durchs Gewimmel bahnen würden. Mir wurde schwindlig. Zum Glück war ich nicht allein, sondern hatte Shōichi an meiner Seite. Wir wollten einen Tee trinken gehen. Die Begegnung mit Frau Kuma war tröstlich und beruhigend gewesen, doch gleichzeitig ging mir jene sichelförmige, wulstige Narbe nicht aus dem Kopf.

Fast war mir, als hätte ich selbst eine solche Narbe am Hals.

»Sollte ich einmal wiedergeboren werden, dann

am liebsten als Kind deiner Familie, Shō-chan. Sobald ich erwachsen wäre, würde ich mich für Kinder einsetzen, die ein schwieriges Zuhause haben, und zwar Tag und Nacht. Später würde ich die Arbeit reduzieren und mich mehr um meine eigene Familie kümmern«, sagte ich. »Wenn Kinder früh genug Hilfe bekommen, besteht immerhin die Chance, dass sie vor dem Schlimmsten bewahrt bleiben. Für solche Kinder möchte ich eine Oase schaffen, einen Ort, wo sie nicht allein sind, wo es alles gibt, was ihr Herz braucht.«

»Könntest du das nicht auch jetzt machen? Dir steht alles offen. Oder etwas mit Blumen und Pflanzen. Es gibt so viele Möglichkeiten… Ach ja, wie wär's mit Buchhaltung in meiner Firma?« Shōichi kniff seine freundlich dreinblickenden Augen zusammen. »Meine Mutter hatte übrigens immer ein offenes Ohr, wenn junge Menschen bei ihr Hilfe suchten. Sie gab ihnen auch die Möglichkeit, im Geschäft zu jobben. Natürlich kam es vor, dass der eine oder andere den Job bald wieder hinschmiss und spurlos verschwand, aber einige arbeiten noch immer da, und andere, die jetzt weit weg wohnen, sind sogar zur Beerdigung gekommen. Als Kind war ich eifersüchtig, weil ich das Gefühl hatte, Mutter kümmere sich mehr um die Sprösslinge aus anderen Familien. Aber im Nachhinein verstehe ich sie schon. Die Vergangenheit prägt. – Schau mal, was meinst du zu dem Laden dort?«

»Klar, gehen wir doch rein. Ich hab Lust auf einen Kaffee.«

Je länger ich mit Shōichi zusammen war, desto spontaner reagierte mein Körper auf ihn. Alles, was wir unternahmen, hatte einen natürlichen Fluss.

Im Café war es angenehm warm. Auch war die Luft nicht zu feucht oder zu trocken. Wir setzten uns nebeneinander an einen großen Holztisch. In der Vase vor uns steckte ein hübscher Blumenstrauß.

»Aber ehrlich«, sagte ich, unser Gespräch von vorhin wieder aufnehmend, »dass ich anderen Menschen helfen will und so was sogar mein Traum sein sollte – hätte ich nie gedacht!«

»Alles tut man doch letztlich für andere Menschen. Oder nicht?«, gab Shōichi zurück.

»Und schon wieder ein Treffer.« Ich lachte.

»Mein Leben ist im Grunde ja nichts anderes als jemandes Traum. So gesehen, versteht sich meine Antwort von selbst«, sagte Shōichi.

»Ein schöner Gedanke«, sagte ich leise, während mein Blick auf die grünen Blumenblätter fiel. »Ich hätte auch jemandes Traum sein wollen.«

Shōichi schwieg.

Nach einer Weile kam der duftende Kaffee. Ich

legte meine Hände um die warme Tasse und nahm einen Schluck. Der Kaffee schmeckte gut. Und auf einmal, ich wusste nicht, warum, durchströmte mich ein Glücksgefühl. So stark, dass ich vergaß, worüber wir eben noch geredet hatten.

Da sagte Shōichi plötzlich: »Offen gestanden, war mir Mutters Verhalten kurz vor ihrem Tod absolut rätselhaft. Sie sprach nur von dir, Yumi-chan, und das, obwohl sie dich nie wieder getroffen hatte. Aber jetzt verstehe ich langsam. Die Frage, warum wir dich nicht zu uns geholt haben, lässt auch mir keine Ruhe. Doch wir haben noch ein wenig Zeit. Yumi-chan, lass uns heiraten!«

Ich war baff. Brachte erst mal kein Wort raus. Dann sagte ich: »Was für ein Mutterkomplex. Schöner geht's wohl nicht.«

Shōichi lachte, aber sein roter Kopf verriet, dass es mehr aus Verlegenheit war.

»Ich überleg's mir. Ach, du bist doch ein Frühschläfer und Frühaufsteher ... Nein, dann passen wir wohl nicht zusammen«, sagte ich lachend.

Warum eigentlich nicht, dachte ich. Warum nicht?

Euphorie konnte man das nicht nennen, und dennoch sah die Welt auf einmal viel farbiger, frischer aus. Sogar die herumwuselnden Kellnerinnen und Kellner waren schön und elegant, und erst die Blumen ... Der Sonnenschein, der durch ein großes

Fenster hereinfiel, erschien mir plötzlich wie ein heiliges Licht, das alles umfing. Jemandem etwas zu bedeuten, geliebt und gebraucht zu werden – was für ein schönes Gefühl! Ich war überrascht, was eine abgedroschene Phrase, ein winziges Ereignis bei einem Menschen auslösen konnte.

...Lieber Gott. Früher, als ich klein war, verstanden sich meine Eltern noch sehr gut. Sie waren auch gut zu mir, sie liebten und verhätschelten mich, ihr einziges Kind. Bald hatten wir viel Geld, wir konnten uns alles leisten. Es war fast wie im Märchen. Dann verloren Vater und Mutter den Verstand, und beide starben. Das war traurig, aber ich hatte eine Liebe, hatte auch Sex und außerdem viele Freunde. Und heute wurde mir zum ersten Mal ein Heiratsantrag gemacht. Ich werde also schon in den Himmel kommen, nicht wahr?, dachte ich. Lass mich bitte noch ein Weilchen den Traum vom blühenden, bunten Leben träumen – bis der letzte Schluck meines Kaffees getrunken ist.

»Shō-chan, wollen wir morgen das Grab deiner Mutter besuchen?«, fragte ich plötzlich.

»Wieso denn, du hast doch schon bei mir zu Hause vor dem Tischchen mit dem Foto gebetet. Ich denke, das ist der Ort, wo wir Mutter am nächsten sein können«, sagte Shōichi.

»Ich würde aber gern hingehen. Ich hab das Gefühl, sonst komme ich nicht wirklich zur Ruhe. Beim Besuch meines Elternhauses fühlte ich mich wie in einem Horrorfilm. Das war so düster und deprimierend«, sagte ich. »Ich habe das Bedürfnis, am richtigen Grab für meine Tante und auch für ihren Mann zu beten, die frische Luft einzuatmen, mich von allen bösen Geistern der Vergangenheit zu befreien. Das Grab ist doch in Nasu, oder? Dort wären wir wieder in der freien Natur, könnten die Berge sehen …«

»Na gut, wenn du meinst. Natürlich darfst du gerne wieder bei mir übernachten«, sagte Shōichi. »Wollen wir jetzt gleich losfahren?«

»Nur wenn du nicht zu müde bist«, sagte ich.

»Nein, so viel haben wir ja heute nicht unternommen«, sagte Shōichi.

»In der Nähe des Bahnhofs gibt es einen Konamiya, wir könnten da was Feines kaufen, was meinst du?«

»Warum nicht? Mal was anderes, als auf der Raststätte bei Sano immer nur Nudelsuppe zu schlürfen. Obwohl ich die ab und zu gerne mag.«

»Hm, ich hätte auch Lust auf Gyōza*. Da müssten wir bei Utsunomiya runter von der Autobahn.«

* Mit Hackfleisch und Gemüse gefüllte Teigtaschen, die ursprünglich aus China kommen. (A. d. Ü.)

»Den Weg in die Innenstadt kenne ich nicht genau, aber dafür gibt's ja das Navi. Wir werden sehen.«

»Ah, jetzt kann ich mich wieder auf etwas freuen.«

»Um so besser! Nichts schöner als das.«

»Die Begegnung mit Frau Kuma hat mich sehr erleichtert«, sagte ich.

»Wenn du glücklich bist, sind es auch die Verstorbenen«, sagte Shōichi.

»Hm, ich weiß nicht… So denken wohl nur wenige. Die Menschen sind komplizierte Wesen. Sie verlieren sich leicht, kommen nicht weiter, und wenn, dann stoßen sie nur zufällig aufs Glück.«

»Tja, dann lass es mich noch mal versuchen«, sagte Shōichi. »Dein Glück ist die Revanche für alles, was dir widerfahren ist.«

»Ah, das gefällt mir schon besser«, sagte ich und lachte.

Der Konamiya beim Bahnhof war voller Leute. Nach der Familientragödie war der Umsatz eingebrochen, aber kaum hatte die neue Geschäftsleitung das Vertrauen der Kunden zurückgewonnen, ging es wieder bergauf. Allem Anschein nach lief das schick eingerichtete Geschäft glänzend. Zu meinem Erstaunen wurden sogar, wenn auch nur in kleiner Auswahl, Obst und Gemüse angeboten.

Es gab auch eine Theke, an der diverse Suppen und Kaffee serviert wurden. Die Angestellten, die wahrscheinlich nichts wussten von der blutigen Tat der früheren Besitzerin, trugen adrette Schürzen. Sie arbeiteten gewissenhaft und flink.

»Wüssten all diese jungen Damen, wer ich bin, würden sie sich vor mir auf den Boden werfen. Doch die Zeiten haben sich geändert«, sagte ich, während mein Blick über das Schokoladensortiment schweifte.

»Selbst wenn sich die Zeiten nicht geändert hätten – das würden sie wohl kaum tun.« Shōichi lachte. »Wow, was anderes als unser kleiner Laden. Das sieht weniger nach einem Import-Shop als nach einem noblen Supermarkt für Delikatessen aus. Sogar hauseigene Produkte gibt es hier!«

»Na ja, es war mein Onkel, der zuerst auf die Idee kam und das Geschäft in Schwung brachte. Er hatte ein Gespür dafür, doch dann ging er dummerweise einem Schwindler auf den Leim. Damit fingen die Probleme an. Weil der selbsternannte Prophet ihm das Blaue vom Himmel versprach, fühlte sich meine Mutter wohl herausgefordert. Der Onkel hatte weder eine Ahnung von Wahrsagerei, noch war er jemand, der nur für die Arbeit lebt. Eine gute Gelegenheit für Mutter, mal zu zeigen, was sie draufhatte … Der Onkel war ja bei meinem geschiedenen Großvater aufgewachsen und deswegen kaum mit diesem okkulten Zeugs in Kontakt gekommen – für ihn eine fremde Welt. Nur unsere Zwillingsmütter haben bei Großmutter gelebt. Jedenfalls hat mein Onkel es nach dem Unglück wieder geschafft, sich einen einträglichen Posten zu sichern. Was ihm meine Mama todsicher nicht verzeiht«, sagte ich.

»Ihre Verwünschungen haben offenbar wenig gefruchtet, so wie der Laden läuft«, sagte Shōichi schmunzelnd.

Im Einkaufskorb lagen Süßigkeiten, Snacks sowie Oliven und Wein. Als wären wir ein Liebespaar. Solche Momente, wurde mir auf einmal klar, sind wie ein Lebenselixier mit magischer Kraft. Das kostbarste Gut des Menschen. Meine Tante wusste das. Und als Mitwisserin kam sie mir jetzt so nah wie noch nie. Sie war ein Teil von mir.

»Das zeigt aber eigentlich, dass Mama in Wahrheit kaum über spirituelle Fähigkeiten verfügte. Deine Mutter stand da sicher höher in der Hexenhierarchie. Auch was unsere gemeinsame Reise betrifft – nur weil sie stark ist, geht alles so gut, denke ich.«

»Da hast du wohl recht. Jemand, der wirklich stark ist, bringt keine Menschen um«, sagte Shōichi.

Jedes Mal, wenn ich daran dachte, dass eine

Mörderin zu unserem engsten Familienkreis gehörte, erschrak ich aufs Neue. Auch jetzt wieder. Was für ein Gegensatz zur Atmosphäre in diesem vornehmen Geschäft! Wenn Leute etwas zum Essen und Trinken kaufen, sehen sie meistens zufrieden aus und voller Zuversicht. Als wüssten sie genau, wie es weitergeht, wohin das Leben sie führt.

»Was geschehen ist, erscheint mir immer noch so unwirklich. Ich komme mir vor wie jemand, der sich aus Versehen in einen völlig aus den Fugen geratenen Raum verirrt hat«, sagte ich.

»Gesetzt den Fall, alles geht irgendwie zu Ende, du gehst weg, und meine Mutter ist auch nicht mehr da – was tu ich dann bloß? Wie soll ich weiterleben?« Shōichi blickte mich fragend an.

»Du Waschlappen, hab ich jetzt richtig gehört?« Ich lachte. »Wenn Männer sich unsicher fühlen, geben sie das nie offen zu. Du bist der erste, der sich nicht scheut. Aber mach dir keine Sorgen, Shō-chan. Du hast noch immer dein Geschäft, und du bist ein ehrlicher, fleißiger Mensch, wie deine Mutter. Solange Körper und Seele eins sind, kann dir nichts passieren, glaub mir.«

»Weißt du, mir geht es seit langem wieder einmal richtig gut. Das mag jetzt etwas komisch klingen, aber genau aus dem Grund krieg ich plötzlich Angst«, sagte Shōichi.

»Ich weiß, was du meinst, dieses Gefühl kenne ich auch.« Ich hakte mich bei Shōichi unter. »Aber komm, versuch das zu vergessen. Lass uns jetzt einfach Spaß haben.«

»Das gefällt mir«, sagte Shōichi.

»So hab ich mich durch mein ganzes Leben gemogelt«, antwortete ich lachend.

»Diese Kunst solltest du dir unbedingt bewahren.«

»Mach ich auch. Gerade in den letzten Tagen tu ich mal wieder so, als würde ich gewisse Dinge nicht bemerken.«

Zum Beispiel, wie Shōichi sich langsam verändert; wie jedes Mal, wenn wir uns berühren, und mit jedem Tag die Glut von neuem und immer heftiger sich entfacht. Shōichi selbst nimmt es wohl kaum wahr, es ist nicht der Moment dafür. Er kommt mir vor wie leicht beschwipst. Ich verstehe ihn ja, er hat eine anstrengende Zeit hinter sich und gönnt sich jetzt ein wenig Abwechslung, ein wenig Urlaub. Ohne Verpflichtungen und ohne Telefonierei, ohne allzu viele Gedanken an das, was kommen wird, fern von der wirklichen Welt.

Natürlich hat unser gemeinsames Abenteuer für mich eine ähnliche Bedeutung. Zwar weiß ich, wie es um mich steht, mit geradezu brutaler Sicherheit kann ich sagen, dass es keine Zukunft gibt. Aber dennoch genieße ich den Urlaub und bin meinen Gönnern, Shōichi und seiner Mutter, dankbar dafür. Diese Reise ist ein großes Geschenk. Nicht zuletzt auch deshalb, weil ich mich allein nie auf den Weg gemacht hätte, ja nicht einmal geahnt hätte, wie ungeheuer wichtig es für mich sein könnte.

Innerlich zur Ruhe kommen – das bedeutet weder betrübtes Alleinsein noch übertriebenes Fröhlichsein; vielmehr ist es so, wie wenn man an einem kalten Wintertag in der warmen Stube sitzt und in die Schneelandschaft hinausschaut, über der ein silberweißer Schleier liegt. Auch ohne Sonnenschein und Himmelblau fügt sich alles zu einem bezaubernden, harmonischen Ganzen.

Ach, wenn ich doch das Leben in vollen Zügen genießen könnte … Wenn ich frei wäre und alles tun könnte, was mein Herz begehrt.

Aber nein, es darf nicht sein, jemand wird kommen und die schlafende Prinzessin wecken. So ist es nun mal. Wenigstens sind einem ein paar schöne Tage vergönnt, wie auf einem großen Fest, als gäbe es keine Sorgen auf der Welt.

Solchen Gedanken hing ich nach, während wir, eng aneinandergeschmiegt, durch die Abteilungen des Konamiya bummelten. Vielleicht war dies meine Revanche dem Leben gegenüber. Eine klitzekleine Revanche nur, aber es erfüllte mein Herz mit Genugtuung. Alles, was mir genommen worden war, holte ich mir in diesem Moment, umgeben von all diesen Leckereien, wieder zurück.

»So, und jetzt? Wir haben noch Zeit«, sagte Shōichi. »Möchtest du etwas machen, bevor wir nach Nasu zurückfahren?«

Ich antwortete: »Eigentlich würde ich auch gerne Papas Grab besuchen.«

»Ach so, klar.« Shōichi lächelte. Die Einkaufsstraße hinter ihm glänzte im hellen Sonnenlicht.

Ich zeigte auf einen Blumenladen und sagte: »Lass uns da Blumen kaufen. Bei Friedhöfen werden immer nur die langweiligen weißen Blumen verkauft. Papa mochte Farben, bunte, leuchtende Farben mindestens so sehr wie Mama!«

Papas Grab befand sich etwas außerhalb von Tōkyō, am Rand eines weitläufigen, hügeligen, mit Zedern und Fichten dicht bewachsenen Parks, in dem es ein Flüsschen gab und natürlich auch Tempel. Beim Haupteingang boten Buden Snacks und Souvenirs an. Spaziergänger, vor allem viele Mütter mit ihren Kindern, genossen die Nachmittagssonne.

Langsam neigte sich die Sonne gen Westen und tauchte das Reich der Gräber in ein ätherisches Licht, als wäre hier wirklich schon das Jenseits.

Da Mama immer gesagt hatte, sie wolle nicht in

das Grab von Papas Familie, war sie in ihrer Heimat beigesetzt worden. So ruhte Papa nur mit Verstorbenen seiner Verwandtschaft in einem dieser stattlichen Gräber. Das beruhigte mich ein wenig. Wir liefen erst durch ein Labyrinth von schmalen Pfaden, gelangten dann in einen Bereich mit uralten, geradezu fürstlichen Grabstätten und standen schließlich vor Papas Grab.

Schweigend befreiten wir es von Unkraut, übergossen den Grabstein mit Wasser, zündeten Räucherstäbchen an, stellten einen Strauß bunter Blumen hin, wie Papa sie mochte, und beteten.

Papa, sagte ich in Gedanken, ich werde wohl nicht wiederkommen. Ich habe meine Ruhe gefunden. Dass Mama dich umgebracht hat, ist entsetzlich, aber im Grunde hat es dir nichts ausgemacht, oder? Auch dass ich dir nicht helfen konnte – ich muss mir nichts vorwerfen, oder? Du hast dir dieses Leben ausgesucht, so ist es doch, oder?

Während ich versuchte, mit ihm ins Reine zu kommen, schoss es mir plötzlich durch den Kopf: Bin ich denn wirklich in Italien gewesen? Ich weiß noch jetzt, wie ich mich auf die Reise freute, aber war es am Ende nur das Gefühl der Freude, das die Illusion nährte, tatsächlich nach Italien gefahren zu sein? Warum ist mir mein Leben seit jenem Tag im Dunkeln geblieben? Warum kann ich mich an nichts erinnern? Daran ist nicht ein Trauma oder so was schuld. Weil es vielleicht gar nie eines …

Weil, ja, weil ich …

In dem Moment stürzte eine Flut grauenvoller Bilder auf mich ein, und alles war mir mit einem Mal klar.

Reflexartig schloss ich die Augen. Als ich sie wieder öffnete, stand Shōichi neben mir. Er betete.

»Shō-chan.« Meine Stimme zitterte. »Es ist schwer zu begreifen, aber wir sind hier nicht in der Wirklichkeit. Das gibt es, hab ich mal gehört.«

»Was redest du da«, sagte Shōichi. Er nahm meine Hand. »Wenn das nicht die Wirklichkeit sein soll, was dann?«

»Aber ist Papa wirklich auf so einem Friedhof begraben worden? Ich weiß nicht, diese Stimmung hier … Wie sich alles so zusammenfügt … Jenes Susuki-Gras* dort auf dem Hügel, die silbrig schimmernden Ähren … Schau mal, wie sie sich wiegen im Wind!«

Die ganze Landschaft erschien mir seltsam künstlich. Wie eine Bühneninstallation, einer bestimmten Vorstellung entsprechend perfekt arrangiert.

»Ich glaube, du hast neuerdings einen kleinen Tick«, sagte Shōichi.

* Stielblütengras; lat. Miscanthus sinensis. (A. d. Ü.)

»Dann wär ja alles gut.« Ich lächelte matt. »Aber das ist kein Tick, sondern ein Traum … Ach, jetzt versteh ich. Wahrscheinlich nicht der Traum meiner Tante, sondern der von dir. Wir sind in deinem Traum.«

»Wie? Meinst du das im Ernst? Dann weiß ich nicht mehr, was ich machen soll. Also, das glaube ich nicht.«

»Ich auch … Ich weiß auch nicht, was tun. Gibt es keinen Ausweg?«, flüsterte ich und dachte für mich: Beruhige dich erst mal, bis sich der Schrecken gelegt hat. Dann sehen wir weiter.

»Na gut, von mir aus soll es ein Traum sein«, sagte Shōichi. »Aber dennoch lebe ich, so wie auch du lebst und leibhaftig vor mir stehst. Hier, in diesem Moment, an diesem Ort. Etwas anderes zählt nicht.« Er drückte abermals meine Hand.

Durch die Baumwipfel brauste der Wind, die Äste wogten hin und her. Seltsame Töne wie aus einer Flöte erfüllten die Luft. Das goldfarbene Licht wurde immer intensiver, das Spiel von Hell und Dunkel in der Landschaft immer leidenschaftlicher. Darüber schwebte, in entrückter Ferne, der sichelförmige Mond. Es roch nach Holz und verwelkten Blättern, nach dem süßlichen Duft der Räucherstäbchen und den Blumen, mit denen wir das Grab geschmückt hatten.

In Shōichis Augen spiegelte sich eine Gestalt. Ja, das war ich, kein Zweifel. Traurig schaute ich in seine großen, warmen Augen und dachte: Ist schon gut so. Denk an das Hier und Jetzt. Etwas anderes zählt nicht.

Auch wenn ich … auf furchtbare Weise gestorben bin.

Was war ich doch für ein Unglückskind! Ich konnte mich nicht mehr beherrschen und packte Shōichi, umschlang ihn mit beiden Armen. Auch er hielt mich fest umschlungen. Es war niemand in der Nähe. Obwohl ich am liebsten hemmungslos geweint hätte, kamen mir keine Tränen. Ich verdammter Pechvogel … Jetzt weiß ich, warum die Tante sich Sorgen um mich macht. Das ist schon berechtigt!

Wir gingen zum Auto zurück und fuhren auf der Tōhoku-Autobahn in zügigem Tempo Richtung Nasu, wo wir nach etwa drei Stunden ankamen. Shōichi war die ganze Strecke gefahren. Mir war nicht nach Reden zumute gewesen, und so hatte ich nur aus dem Fenster geschaut. Autos, Autos, dann immer mehr Felder, langsam näherrückende Berge. Auf dem Uferdamm eines Flusses Menschen in bunten Kleidern. Die blinkenden Neonlichter und Leuchtreklamen. Das zarte Himmelsblau, das sich gegen Ende des Tages in ein kräftiges, dunkles

Indigo verwandelt – märchenhaft. Die Welt erschien mir wie ein Segen, als könnten meine Augen nur noch den Farbenzauber um mich herum wahrnehmen.

Zum verwaisten, dunklen Haus der Tante zurückzukommen stimmte mich traurig, aber besser als mein eigenes Zuhause war es allemal. Als wir eintraten, das Gefühl, die Tante sei nur mal schnell weggegangen. Sie war nicht da und trotzdem da. Das ganze Haus erzählte von ihrer Gegenwart.

»Also, heute Abend koch ich was. Ich meine, was Richtiges. Wie wär's mit Hähnchen-Paella und Tomatensuppe? Zur Vorspeise die Kartoffelchips vom Konamiya. Und Wein haben wir ja auch«, sagte Shōichi.

Er begann in der Küche zu hantieren. Ich setzte mich aufs Sofa, öffnete ungeniert eine eisgekühlte Sektflasche und goss auch Shōichi ein Glas ein. Ich fragte ihn: »Hast du früher auch gekocht?«

»Kochen ist zu viel gesagt. Ich kann nur einfache Gerichte. Für die Paella nehme ich gefrorene Hühnerbeine, eine Thunfischkonserve und die schrumpeligen Zwiebeln hier. Die Tomaten sind sowieso aus der Dose. Und von dem Wein, den wir gekauft haben, kommt ein wenig in die Paella. Du siehst, alles improvisiert«, antwortete Shōichi, während er im penibel aufgeräumten Schrank unter der

Spüle nach der Fischkonserve suchte. »Als Mittelschüler hab ich meinen Lunch immer selber zubereitet. Zum Beispiel Reis mit gebratenem Fleisch und Zwiebeln obendrauf. So was mögen Jungs. Total simpel, und lecker!«

»Super«, sagte ich.

»Na ja, vielleicht hab ich nur selber gekocht, weil es nicht anders ging«, sagte Shōichi.

Was für ein guter, braver Junge, dachte ich. Wieder einmal hätte ich ihn gern gefragt, woher das kommt, doch da er wahrscheinlich nur gesagt hätte: Ich war schon immer so, ließ ich es bleiben.

»Kann ich was helfen?«, fragte ich.

»Danke, nicht nötig. Ich muss ja nur die Zwiebeln schneiden und alles einkochen lassen. Hier, schau mal, das Paella-Set mit der Gewürzmischung. Sogar der Reis ist dabei«, sagte Shōichi. »Die Arbeit färbt halt ab. Was man im Laden so verkauft, hat man oft auch bei sich zu Hause. War bei euch sicher gleich.«

»Stimmt, wir hatten einen Weinkeller«, sagte ich. »Manchmal musste ich Wein holen, und da holte ich eben einen – irgendeinen. Es war offenbar immer ein teurer Tropfen. Meine Eltern lachten sich kaputt, und Mutter meinte: ›Entweder du hast ein gutes Händchen oder gibst dich gern spendabel. Oder willst du uns nur ein bisschen ärgern?‹ Dann ging Vater selbst in den Keller, um einen billigeren Wein zu holen. Es wäre gescheiter gewesen, diesen teuren Wein zu trinken. Zu spät. Aber als Kind hätte ich ja sowieso nicht mittrinken können.«

Ich sah den kühlen, dämmrigen Weinkeller vor mir. Die langen Reihen glänzender Flaschen. Die hübschen Etiketten, die verrieten, aus welchen Ländern und Regionen der Wein kam. Ich hatte mir ausgemalt, wie ich eines Tages alle diese Länder besuchen würde, doch am Ende reichte es gerade mal für Italien – wenn mich denn mein Erinnerungsvermögen nicht täuschte. Es war so löchrig, dass mir alles möglich erschien.

Dass ich allerdings als junges Mädchen, zu Besuch bei meiner ersten großen Liebe, geradezu überwältigt war vom Anblick des sonnendurchfluteten Olivenhains – dessen war ich mir sicher. Auch dass ich gebannt das Schauspiel der Wolken verfolgte, deren Schatten über das geometrische Baummuster huschten und es zum Tanzen brachten. Und dass ich damals dachte: Was für ein himmlischer Ort auf Erden!

»Sogar in deiner Familie wurde gelacht«, sagte Shōichi, während er den Knoblauch und die Zwiebeln in der Pfanne dünstete. Der Knoblauchgeruch verbreitete sich im Nu.

»Aber sicher!«, sagte ich und sog den wunderbaren Duft ein.

Da erinnerte ich mich, wie Mama mir eine Schürze genäht hatte. So eine wie ihre. Doch es dauerte nicht lange, und Mama kam nicht mehr in die Küche. Unbenutzt hing ihre Schürze an der Wand. Ich stand allein in der Küche, backte Plätzchen, briet Omelettes. Meine Schürze wurde schmutzig und abgetragen, während die von Mutter immer noch wie neu aussah. Eines Tages waren die Schürzen nicht mehr da, Mama hatte sie weggeworfen. Ich erinnere mich, wie traurig ich darüber war, aber das schien niemanden zu stören.

Shōichi stand am Herd wie jemand, der jahrelang seinen Körper trainiert hat – mit einem unerschütterlichen Rückgrat und doch geschmeidig. Wie sich seine Schultern bewegten … Der verbiegt sich nicht, dachte ich. Er ruht ganz in sich selbst.

Ein Weibchen nach Hause bringen, ihm was Leckeres zu essen geben, es ihm schön machen. Ihm das Gefühl einflößen, dass es kein wärmeres, angenehmeres Nest gibt als hier, bei diesem Männchen. Und das Männchen, um das Weibchen zu halten, besorgt immer wieder neue Nahrung und kümmert sich um dessen Wohlbefinden. So versucht er der dunklen, verführerischen Macht des Weibchens Herr zu werden. Ich, in meiner Rolle als Weibchen, beteilige mich gern an diesem listigen Plan und lasse mich verwöhnen.

Im Grunde, dachte ich, verhält sich der Mensch wie ein Tier. Aber er ist auch fähig, dem Instinkt einen Anschein von Eleganz und Würde zu verleihen. Das ist vielleicht die größte Herausforderung in unserer Welt.

Meine Aufgabe war es lediglich, Wein zu trinken, Kartoffelchips zu knabbern, mich ein bisschen zu zieren und ansonsten so zu tun, als wüsste ich nicht, worum es geht. Es war so offensichtlich, was sich zwischen mir und Shōichi abspielte. Dennoch war es ein wichtiger Abend heute. Und das Allerwichtigste war, uns bei diesem Spiel nicht anmerken zu lassen, dass wir es beide durchschaut hatten.

Ob es an den Gewürzen lag oder an Shōichis Kochkünsten – die Paella schmeckte ausgezeichnet. Gemütlich tranken wir den Wein und vermieden Themen, die uns die Stimmung hätten verderben können. Stattdessen redeten wir vor allem über das Essen und die Idee, morgen in ein Onsen, zu einer heißen Quelle zu fahren.

»Shō-chan, lass uns zusammen schlafen, ich fühle mich sonst so allein«, sagte ich, als wir beim Kaffee angelangt waren.

»Gern«, sagte Shōichi nur.

»Versteh mich nicht falsch, aber im Moment bin ich so verletzlich… Bitte verlange nichts von mir.

Oder ist das unverschämt? Weißt du, ich hab so Angst, Angst davor, nach dem Einschlafen wie eine Kerzenflamme zu erlöschen«, sagte ich.

»Yumi-chan, ich werde nichts dergleichen tun. Seit Mutters Tod bin ich sowieso zu schlapp für solche Dinge.« Shōichi lachte. »Und selbst wenn ich jetzt plötzlich Lust bekäme – ein schüchterner Mensch wie ich braucht seine Zeit.«

»Da bin ich froh«, sagte ich, aber mein Gemüt hellte sich nicht auf. Weil es so gut wie sicher war, dass wir nicht mehr viel Zeit zusammen haben würden.

Shōichis Essen hatte ich richtig genossen. Jeden Bissen langsam gekaut und im Mund zergehen lassen. Momente des Glücks. Wie wunderbar das Essen von jemandem schmeckt, den man liebt! Unser Hausmädchen oder ein normaler Koch hätte keine Chance dagegen gehabt. Gewiss, Shōichis Gericht war improvisiert, aber mit Leib und Seele. In meiner Familie hatte ich diese Liebe zum Essen leider nie erfahren.

Das Saure ebenso wie das Salzige – es drang mir bis ins innerste Mark. Und das, obwohl ich eigentlich gar nicht mehr auf Erden war.

Shōichi richtete neben seinem Bett einen Futon für mich her, so dass ich in seinem Zimmer schlafen konnte. So ungezwungen, als wäre ich bei mir zu Hause, nahm ich ein heißes Bad. Ich schaute aus dem Fenster und fühlte, wie schnell mir die ländliche Gegend ans Herz gewachsen war. Die Luft war glasklar. Wie in einem Märchen glommen und glitzerten in der Ferne die Sterne.

Ohne irgendetwas denken zu können oder zu wollen, saß ich entspannt in der Wanne und genoss die Ruhe.

Nach dem Bad kroch ich in meinen Futon. Ich nahm ein Buch zur Hand und las darin. Nach einer Weile kam Shōichi barfuß ins Zimmer. Er hatte lange geduscht. Ahh!, rief er und sprang über meinen Futon hinweg in sein Bett. Ich stand noch einmal auf, um die Deckenlampe zu löschen. Das kleine Nachtlicht ließ ich brennen.

»Kommt mir vor wie im Krankenhaus, als würde jemand an meinem Bett wachen«, sagte Shōichi ins Halbdunkel hinein.

»Stimmt, weil du oben bist und ich unten«, sagte ich.

Ich spürte, wie die Bodenheizung meinen Körper wärmte. Auch die Zimmertemperatur war angenehm. Wie eine schützende Decke hüllte mich die Wärme ein.

»Aber mal ehrlich, Shōichi. Ich glaube, in Wahrheit bist du gar nicht so wahnsinnig nett, wie es immer scheint. Du bist ein ganz normaler, manchmal etwas unbeholfener Junge, oder nicht? Du benimmst dich nur im Traum so, wie du im eigentlichen Leben sein möchtest. Stimmt doch, oder?«

»Jetzt redest du schon wieder von diesem Traum«, sagte Shōichi. Es klang etwas genervt. Auch er spürte wohl, dass ich es ernst meinte. »Hm, warum bin ich bei dir viel umgänglicher als sonst? Du hast recht, Yumi-chan, normalerweise bin ich nicht so. Ich fühle mich schnell gehemmt, kann rechthaberisch sein und auch egoistisch, eigenbrötlerisch. Sicher hat es damit zu tun, dass ich und meine Mutter, wenn man genau hinsieht, vieles gemeinsam haben. Übrigens finde ich, die Einzigen, die Mutter wirklich verstanden haben, wart ihr, deine Mutter und du.«

»Darf ich es noch einmal sagen: Was für'n großartiger Mutterkomplex.« Ich lachte.

Das Nachtlicht brannte noch immer. Wir alberten ein wenig herum und setzten uns ab und zu auf, um Tee zu trinken.

»Shō-chan, verzeih mir. Es ist wirklich so, ich lebe nicht mehr. Ich bin gestorben.« Ich hatte gedacht, es würde mich viel mehr Überwindung kosten, aber die Worte kamen mir ganz leicht über die Lippen. Und ich war überrascht vom fast beschwingten Klang meiner Stimme.

»Was sagst du? Ist ja noch schlimmer als das mit dem Traum!«

»Du kannst oder willst es nicht glauben, ja? Aber so ist es. Ich bin ein Geist, und alles geschieht in deinem Traum.«

»Ach komm, was soll das. Du fährst Auto, isst Paella, übernachtest im Hotel, triffst Leute«, hielt Shōichi dagegen.

Ich aber fuhr fort: »Wenn du so argumentierst, sage ich: Die Wirklichkeit ist eins mit dem Traum. Übrigens haben wir auch Frau Kojima nicht wirklich getroffen. Mir schien das sowieso verdächtig, der Garten der Klinik und unser Garten zu Hause, die ich offensichtlich vermischt habe. Die Rosen am gleichen Ort, die gleichen wuchernden Waldreben … Sehr verdächtig fand ich das.«

»Warum denn? Solche Pflanzen gibt es doch überall«, sagte Shōichi lachend. »Und was ist mit Frau Kuma?«

»Diese Frau hat einen sechsten oder gar siebten Sinn. Während unserer Begegnung muss ihr bewusst geworden sein, dass sie sich selbst in unserer Traumwelt befindet. Sie kann zwischen den Welten hin und her wandern. Deshalb sollte sie sich an mich erinnern können, wenn du sie mal besuchst. Ich bin sicher, sie wird in jenem Raum sitzen und von uns erzählen. Vielleicht der einzige Beweis unserer

Reise: dass wir ein paar schöne Tage zusammen verbracht haben.«

Endlich verstand ich, was Frau Kuma meinte, als sie sagte, sie habe gehofft, mich eines Tages wiederzusehen; sie wisse, warum meine Tante mich nicht zu sich genommen habe, könne es mir aber nicht sagen… Nun ja, wie sollte sie jemanden zu sich nehmen können, der gar nicht mehr da war? Frau Kuma sah, wie glücklich ich war, mit Shōichi zusammen zu sein, und wollte es mir nicht verderben. So muss es gewesen sein.

Ebenso die Tante. Hatte sie nicht gesagt, durch ihn, Shōichi, müsste es möglich sein, mich wiederzusehen? Hatte sie nicht gesagt, sie könne mir meine verlorene Seele wieder zurückgeben? Aha, das war also der Grund, warum ich mich an nichts erinnern konnte, warum niemand etwas sagen wollte. Die Leute meinten es nur gut mit mir.

»Ach Quatsch. Ich kann mir nicht helfen, aber das hier ist mein Zimmer, und ich bin da, du bist da, ganz real!«, erwiderte Shōichi.

»Wie dem auch sei, jedenfalls tut es mir leid«, sagte ich.

»Wenn das alles nur ein Traum wäre, warum entschuldigst du dich dann? Du hast dir doch nichts zuschulden kommen lassen. Nicht die Bohne.« Shōichi lachte.

»Weil ich, obwohl wir uns doch so gut verstehen, nicht für immer bei dir sein kann – deshalb bitte ich dich um Verzeihung«, sagte ich und spürte, wie meine Augen feucht wurden.

»Das tut weh, richtig weh, Yumi-chan. Lass mir ein wenig Zeit zum Nachdenken. Ich muss das erst verdauen. Weißt du, nach dem Tod meiner Mutter war das Zusammensein mit dir meine einzige Freude. Jeden Tag fühlte ich mich so glücklich und leicht wie … ja, wie in einem schönen Traum«, sagte Shōichi.

»Eben, das meinte ich doch. Übrigens, Mama …« Diesmal fiel es mir schwer, weiterzureden. Es würgte mich. Ich musste erst ein paarmal leer schlucken. Dann nahm ich einen neuen Anlauf. »Mama hat mich erstochen. In meinem Zimmer. Die Flecken an der Wand, das war mein Blut.«

Ich war gerade am Packen gewesen, als ein furchtbarer Lärm losbrach.

Jetzt fangen die noch an, sich zu streiten, dachte ich besorgt. Ich hasste Streit und versuchte das Gezeter zu ignorieren, während ich weiter meine Sachen packte. Ich hatte keine Lust, mir die Vorfreude verderben zu lassen, und stellte die Musik lauter, das heißt, ich drehte richtig auf. Irgendwann werden sie sich hoffentlich wieder beruhigen, dachte ich. Ich hörte Papa brüllen, Schreie, dann rannte jemand aus dem Haus. Obwohl ich langsam ahnte, dass das kein normaler Streit war, versuchte ich noch immer, möglichst nicht hinzuhören. Ich wollte einfach nichts damit zu tun haben.

Auf einmal hörte ich Schritte auf der Treppe. Endlich hat jemand gemerkt, dass ich auch noch da bin, dachte ich, und fühlte mich einen Moment lang erleichtert. Ich meinte die Zimmertür von innen abgeschlossen zu haben, da öffnete sie sich mit einem dumpfen Knall, und vor mir sah ich – nicht das Gesicht meiner vertrauten Mama, sondern ein gespenstisches, furchterregendes Gesicht. Die Augen, leer und starr, erinnerten mich an eine Puppe. Wie in einem Horrorfilm hielt sie ein blutverschmiertes Messer in der Hand. Und stach plötzlich zu.

Das kann nicht sein…, war mein letzter Gedanke. Dann verlor ich das Bewusstsein. Was danach geschah, weiß ich nicht. Auch nicht, wo ich gestorben bin. In einem Krankenhaus wahrscheinlich. Und da ich mich meinem Zustand entsprechend an nichts erinnern konnte, hatte ich in Shōichis Traum also unbewusst versucht, mir ein Leben zusammenzureimen.

»Hör auf, Yumi-chan, ich bitte dich«, sagte Shōichi. »Ich lösche jetzt das Licht. Lass uns schlafen. Ich glaube, du bist müde.«

»Ja, vielleicht«, sagte ich.

Shōichi stand auf und löschte das Nachtlicht. Dabei rutschte der Saum des Pyjamaoberteils hoch, so dass der Bauchnabel hervorblitzte.

»Sieht nicht so cool aus, aber wenn du den Saum in die Hose stopfst, frierst du nicht beim Schlafen«, sagte ich.

Das war in etwa der einzige Ratschlag, den ich einem wohlerzogenen jungen Mann wie Shōichi geben konnte. Und vielleicht noch, den Mutterkomplex im Zaum zu halten.

»Darf ich dich umarmen? Nur kurz«, sagte Shōichi.

»Gern, aber du weißt, was wir abgemacht haben. Mit jemandem wie mir sollte man es nicht zu weit treiben.«

»Ach komm, sei doch nicht so unromantisch.« Shōichi glitt zu mir herunter und drückte mich fest an sich.

Schweigend schob ich den Saum des Pyjamas in Shōichis Hose.

»Sag nichts, was mich wieder traurig machen könnte«, flüsterte Shōichi. »Obwohl gar kein Zweifel besteht: Hier in meinen Armen ist ein warmer Körper!«

»Verzeih«, sagte ich und drückte ihm einen leichten Kuss auf die Lippen. »So, das reicht jetzt aber.«

»Bestimmst du das allein?«, sagte Shōichi und küsste mich. Diesmal etwas länger.

Danach passierte nichts mehr. Unser Atem blieb ruhig. Noch einmal umarmte er mich, wie um sich meiner Gegenwart zu vergewissern.

»Deinen Körper zu spüren ist so beruhigend«, sagte Shōichi.

»Dann ist ja gut.«

Seine kräftigen Arme, das gleichmäßige Pochen des Herzens ... Ich war nicht oft in meinem Leben so umarmt worden. Als Baby schon, aber später? Am häufigsten war es vielleicht sogar der kleine Shōichi gewesen, der mich umarmt hatte.

»Schön, dass ich auch was Kleines für dich tun konnte.«

»Du bist wundervoll, Yumi-chan«, sagte Shōichi mit einem Ausdruck des Bedauerns, und wir lösten uns voneinander. Es war, als würde etwas mit Gewalt auseinandergerissen. Jeder schlüpfte unter seine Decke. Shōichi streckte mir eine Hand hin. Ich nahm sie und hielt sie fest.

»Schlaf gut, Shō-chan. Morgen besuchen wir zuerst das Grab deiner Mutter, und dann baden wir in der heißen Quelle, ja?« Ich wusste, der Wunsch würde nicht in Erfüllung gehen.

Shōichi schien sich über meine Unternehmungslust zu freuen. Erleichtert sagte er: »Na klar, nach dem Friedhof fahren wir zum ›Shika no yu‹*. Wir brauchen nur ein Handtuch, sonst nichts.«

Es dauerte nicht lange, da wich die Kraft aus Shōichis Hand, und ein leises Schnarchen setzte ein. Mann, hast du einen gesunden Schlaf! Ich dachte, du wärst ein Gentleman? Bist schon weg und schnarchst auch noch – wie unsensibel!

Auch ich wurde immer müder und spürte, wie der Schlaf mich langsam zu sich holte. Durch den Spalt im Vorhang sah ich die Mondsichel und die Sterne schimmern. Die Tupfer wirkten so zart, als wären sie mit einer Spraydose ins tiefe Schwarz der Nacht gesprüht worden.

Was mich wohl erwartet?, war mein letzter Gedanke, bevor ich das Bewusstsein verlor.

Als ich wieder erwachte, sah ich meine Tante vor mir. Ich staunte nicht schlecht.

Es gab weder einen Stuhl noch einen Tisch, auch keinen Tee. Wir befanden uns nicht auf festem Boden, sondern waren wie von einer Art Nebel umgeben.

»Tante, ich habe Shō-chan einen Kuss gegeben. Verzeih mir bitte!«, flehte ich sie an. Eigentlich hätte

* Wörtl. »Hirschbad«. Es befindet sich zwanzig Autominuten von Nasu entfernt und soll laut historischen Quellen bereits im 7. Jh. n. Chr. existiert haben. (A. d. Ü.)

ich genug anderes zu erzählen gehabt, aber die Sache war mir so peinlich, dass ich sie schnell loswerden wollte. Außerdem war ich mir sicher, sowieso nichts verbergen zu können.

»Ach, ist schon gut. Du hast ja noch nicht einmal erfahren, was ein richtiger Kuss ist«, sagte die Tante schmunzelnd. »Shōichi ist auch ein ziemliches Weichei. Kriegt die Frau, die er liebt, nicht mal rum. Da muss man beherzt zur Sache gehen!«

»Ich hab mir meine Tante ein bisschen anders vorgestellt«, sagte ich.

»In Shōichis Traum sind offenbar nur die Seiten von mir zum Vorschein gekommen, die er so bewundert. Jungs sind einfach entzückend. Er hat sich ein Phantasiewesen ausgedacht, das bin nicht ich. Aber ehrlich gesagt, freut es mich trotzdem.« Die Tante lachte schelmisch.

»Tante, ich bin auch noch nicht am Grab gewesen, es tut mir leid«, sagte ich kleinlaut.

»Dich zu sehen, finde ich viel besser. Mach dir keine Gedanken.«

Dem Aussehen nach mochte die Tante etwa dreißig Jahre alt sein. Sie war schön, hatte eine fast durchsichtige Haut und schmale, ausdrucksstarke Augen. Da sie Mama überraschend ähnlich sah, erwachte in mir auf einmal der Wunsch, Mama wiederzusehen. Aber – hatte sie mich nicht umgebracht? So jemanden wollte ich noch einmal sehen? Ich tickte wohl nicht richtig. War es mein Schicksal, ihr in unglücklicher Liebe auf ewig verbunden zu bleiben?

»Alle Menschen sterben früher oder später. Es ist also sehr wichtig, wie sie ihr Leben und auch ihren Tod erfahren. Unmittelbar vor meinem Tod dachte ich plötzlich: Jetzt, wenn ich es jetzt versuche, schaffe ich es vielleicht, in den Traum hineinzuschlüpfen! Dass es nur in diesem einen Moment gelingt und mit einer ganz bestimmten Methode – hab ich das nicht mal gelernt? Wenn ich es schaffe, dann werde ich Yumi-chans verirrte Seele finden und sie zurückgeleiten … Und auf einmal sah ich ein helles Licht vor mir, das alles überstrahlte. Ich hatte ja die ganze Zeit im Bett gelegen und wartete nur auf den Tod, aber da nahm ich noch einmal meine ganze Kraft zusammen, um das Notizheft mit den nötigen Anweisungen zu finden. Ich kroch auf allen vieren zur Kommode, öffnete Schubladen, suchte, wühlte … Das Durcheinander konnte ich leider nicht mehr in Ordnung bringen, das musste ich Shōichi überlassen. Der Körper kommt an seine Grenzen – obwohl das komisch klingt, denn das Wichtigste hab ich ja geschafft: Wir sitzen hier und plaudern miteinander. Ein Glück, dass mich meine Hexenkunst am Ende nicht im Stich gelassen hat.« Die Tante schaute mich zufrieden an. Aus ihren Augenschlitzen blitzte es. Dann nickte sie und fuhr fort: »Yumi-chan, selbst wenn du niemandem böse bist und auch nicht glaubst, gar nicht gestorben zu sein – der Tod kam bei dir so überraschend, dass deine Seele blitzschnell aus dem Körper schlüpfte und an einen abgeschiedenen, zeitlosen Ort entschwand. Ich wusste das und bereute mein ganzes Leben lang, dich nicht rechtzeitig gerettet zu haben. Doch dann, als für mich selbst die Zeit gekommen war, da besann ich mich auf meine letzte Chance... Dank dir, Yumi-chan, war das Sterben nicht so schlimm, im Gegenteil. Ich konnte mich auf etwas freuen, ja mir war sogar, als hätte ich, um deiner Sache willen, diesen Moment schon lange herbeigesehnt. Ich danke dir dafür.«

»Du wirkst ja richtig fröhlich, und wie befreit!«

»Nicht nur. Sobald ich an Shōichi denke, werde ich todtraurig. Ich würde ihn so gern sehen. Viel, viel länger hätte ich mit ihm zusammensein wollen, und natürlich hätte ich gern einen Enkel oder eine Enkelin in meinen Armen gewiegt. Siehst du, es gibt vieles zu beklagen. Und ich glaube, in gewisser Hinsicht ist es nicht falsch, zu sagen, dass mit jener verhängnisvollen Geisterbeschwörung auch mein Leben besiegelt war. Aber dafür, dass ich am Ende doch noch einlösen konnte, was ich mir vorgenommen hatte, bin ich von Herzen dankbar. Es war eine wundervolle Zeit. Übrigens, hast du jene kuriose Klinik besucht?«, frage die Tante.

»Ja, hab ich, wenn ich mich nicht täusche. Mein Erinnerungsvermögen ist leider nicht das beste«, antwortete ich.

»Du weißt, der Klinikleiter ... Ich war es, die ihn zuerst verführt hat. Kaum war ich in der Klinik, haben wir schon miteinander geschlafen. Er war ein ziemlich naiver Typ. Ihn um den Finger zu wickeln war ein Kinderspiel. Ich war es auch, die meine Schwester eifersüchtig machte und sie anstachelte, sich den Typen zu angeln. Haha, stell dir vor, wie langweilig sonst der Klinikalltag mit meiner Schwester gewesen wäre. Man kann doch nicht den ganzen Tag Puppen spielen! Ich hatte sogar den Gedanken, die ganze Bande, Patienten und Angestellte, ins Jenseits zu befördern ... Kurz, ich war ein richtiges Scheusal. Na ja, ein wenig kennt das jeder aus seiner Pubertät – die grausamen, verletzenden Spielchen, Allmachtphantasien. Aber bei mir war alles noch einen Zacken extremer. Leider hat das auf meine Schwester abgefärbt, die sich viel zu sehr von meinem Getue hat beeindrucken lassen und dann wirklich übergeschnappt ist. In meinem späteren Leben habe ich versucht, die Untaten des verdorbenen Mädchens, das ich zweifellos einmal gewesen war, wiedergutzumachen. War verdammt schwierig, um es offen zu sagen. Es war, als ob ein Teufel sich wie ein Engel benehmen wollte. Es änderte nichts an dem, was ich angestellt hatte, und wirkte zudem heuchlerisch und verlogen. Da diese Seite nun mal in mir existierte, war es unwahrscheinlich, dass Shōichi davon unbeeinflusst bleiben würde. Ich weiß nicht genau, warum, aber in der ersten Klasse weigerte er sich eine Zeitlang, zur Schule zu gehen; stattdessen schuf er sich mit akribischer Hingabe eine eigene Phantasiewelt. Er arbeitete Tag für Tag an der Karte eines imaginären Landes, und von dem Haus, in dem er selbst wohnte, zeichnete er sogar die einzelnen Zimmer. Sein Land hatte natürlich eine eigene Währung, sterben musste niemand, böse Menschen gab es nicht. Gute Hexen gab es viele, aber wehe, jemand wollte eine böse Hexe werden – das war streng verboten, tabu. Dennoch war eben nicht zu verhindern, dass einige Leute sich unbedingt die Kräfte böser Hexen zu eigen machen wollten, und das Land für immer verließen.« Die Tante seufzte. »Ich hatte damals den Eindruck, dass Shōichi tief in seinem Innern ein Wissender war, weil er offenbar die Wunde in sich selbst spürte. Menschen, denen es rundum gutgeht und die gegen alle Gefahren gefeit sind, gibt es nicht auf der Welt. Auch wenn sie vielleicht diesen Eindruck erwecken. Aber so wie man sich besonders anstrengen muss, wenn man körperlich geschwächt ist und die geringste Anstrengung zu einer Herausforderung wird – so wird Erfolg haben, wer sich mit der gleichen Anstrengung darum bemüht, ein guter Mensch zu sein und Körper und Geist zu stärken. Ist es letztlich nicht diese Kraft, die uns Menschen über alle Zeiten hinweg am Leben erhalten hat?«

Viel anziehender als die Schönheit eines pubertierenden, rabiaten Teenagers erschien mir in meiner Vorstellung die Schönheit eines erfüllten Lebens. Wie eine blühende Rose, um die herum das Licht tanzt. Und genau in diesem Licht sah ich meine Tante. Sie war hinreißend schön.

Kein Wunder, kriegt man da einen Mutterkomplex. Das musste ich selbst zugeben.

Ich war davon beeindruckt, wie sie einen Entschluss gefasst hatte und ihn nach und nach in die Tat umsetzte. Unauffällig, konsequent. Im Bewusstsein, dass ein dorniger Weg vor ihr lag und ihr Sinneswandel vielleicht nur als eine weitere närrische Laune verstanden werden würde. Meine Tante hat ihr Leben bis zum allerletzten Tropfen ausgekostet, dachte ich voller Bewunderung. In jungen Jahren eine unberechenbare Schönheit, die einen grausam verletzte, sobald man ihr zu nahe kam – wer hätte schon auf diese Weise alt werden wollen, ohne sich zu ändern? Sie hatte mit der Vergangenheit gebrochen, um ihre Seele zu retten. Wie groß und rund diese Seele nun geworden war, wie bezaubernd sie glänzte! Was es dazu brauchte, konnte ich nur erahnen.

»Ehrlich gesagt, war es am Anfang ziemlich hart. Es fühlte sich an, als wäre ich dazu verdammt, mein Leben lang Steine aufzusammeln oder eine endlose Wand zu streichen, doch je länger ich mich meiner neuen Aufgabe widmete, desto mehr Befriedigung und Freude empfand ich dabei.

Der winzige Jasmin im Garten wuchs zu einem Bäumchen mit unzähligen schneeweißen Blüten heran. Jedes Jahr, wenn es warm wurde, verströmte er einen intensiven, herrlichen Duft. Ich hatte mir am Anfang kaum Hoffnungen gemacht, dass aus meinem verlogenen Leben irgendwann noch etwas Gutes werden würde. Aber siehe da, mit jedem Jahr fruchteten meine Versuche ein bisschen mehr – bis zu dem Punkt, wo es für mich kein Zurück mehr gab, wo ich gar nicht mehr anders konnte. Dennoch blieb ein hässliches Schandmal zurück. Das hatte mit dir zu tun, mit meinem Unvermögen, dich rechtzeitig zu retten. Letztlich das einzige schlechte Karma in meinem Leben.

Weißt du, ich habe mehrmals angerufen. Wenn du dran gewesen wärst, hätte ich gesagt: ›Hast du jenen Zettel noch? Vergiss es nicht, du kannst jederzeit zu uns kommen!‹ Aber jedes Mal nahm entweder meine Schwester oder das Hausmädchen den Hörer ab. Da habe ich aufgelegt. Ich wollte nichts riskieren. Die Schwester hätte meine Stimme sofort erkannt, und alles wäre für die Katz gewesen. Aber natürlich hätte ich nicht so leicht aufgeben und dieses und jenes versuchen sollen. Das klingt jetzt, angesichts dessen, was geschehen ist, wie eine schwache Ausrede. Ich hatte versagt, und ich konnte nichts anderes tun, als mir das wieder und wieder in Erinnerung zu rufen.

Zu jener Zeit lastete auf deinem Zuhause ein Fluch, und vielleicht hätte ich gar nicht die Kraft gehabt, diesen zu bannen. Denn wer wie ich gewisse magische Kräfte besitzt, kann auch leicht selber in den Bann solcher Kräfte geraten. Das liegt in der Natur der Sache. Außerdem war dein Vater ein gutmütiger, friedliebender Mensch, und nichts von dem, was in eurem Haus vor sich ging, drang nach außen. Leider. Es war niemand da, der das Unheil hätte erahnen, geschweige denn verhindern können.

In dem Moment, als ich die Nachricht von deinem Tod vernahm, spürte ich, wie etwas in mir, begleitet von einem schmerzvollen Schrei, zerbrach. Dieser Schrei war bittere Reue. War Anklage und Warnung, weil ich deine Situation falsch eingeschätzt hatte. Jemand, der ein so liebenswürdiges Mädchen wie dich geboren und aufgezogen hat, muss auch eine gute Seite haben, hatte ich geglaubt. Der Schrei ging mir mein Leben lang nicht mehr aus den Ohren. Shōichi wurde immer größer und das Schreien in meinen Ohren immer lauter. ›Die Sache ist noch nicht ausgestanden … Du hast keinen Grund, dich zu beklagen, hör auf mit deinem Selbstmitleid!‹, ermahnte es mich ständig. Bitte versteh mich jetzt nicht falsch, aber dein Tod hat mir in meinem Leben sehr geholfen, mich gestützt und getragen. Dank dir konnte ich mein Leben so zu Ende bringen, wie ich es mir gewünscht hatte. Es war nicht selten ein schmerzhaftes Leben, aber nun bin ich vom Schmerz erlöst. Dank dir, Yumi-chan.

Angenommen, es würde so etwas wie die Seelenwanderung wirklich geben – ich glaube, du würdest als Baby einer ganz normalen, glücklichen Familie zur Welt kommen und ein ganz normales, glückliches Leben führen. Wenn es die Seelenwanderung denn gibt. Was mich betrifft, ich bin keine großartige Hexe, deshalb reicht die Kraft, die ich beim Sterben noch hatte, nicht mehr lange. Wie du werde ich jetzt gleich aus Shōichis Traum verschwinden und mich auf die Reise machen. Wohin, weiß ich allerdings nicht. Niemand weiß es.«

»Ich hatte zwar Pech, aber was du, liebe Tante, mir mit deiner Herzensgüte geschenkt hast…«, sagte ich. »Die paar Tage hab ich richtig genossen. Die heißen Bäder, das feine Essen, die verschiedenen Ausflüge, die Musik, der Himmel, der Wind, Shōichi, der so unendlich nett war – das Schönste, was ich je erlebt habe. Ich werde es nie vergessen. Noch einmal wiedergeboren zu werden und das Leben zu genießen – o ja, das wäre toll.«

»Das kannst du bestimmt. Glaub nur fest daran.«

Die Tante lächelte. Es klang, als hätte sie gesagt: Morgen gehen wir picknicken!

Morgen gehen wir picknicken! Also lass uns früh schlafen gehen und von dem schönen Tag träumen, den auch der Wetterfrosch verspricht. Die frisch gelüftete Bettdecke ist heute besonders flauschig. Sandwichs, Reisbällchen, Omeletts, Würstchen, Obst und Kuchen – die meisten Sachen müssen nur noch eingepackt werden, und los geht's! Im Schatten der Bäume ruhen wir uns aus, genießen die Landschaft, trinken ein Bierchen oder ein Glas Wein, kochen mit frischem Quellwasser und handgemahlenen Bohnen einen herrlich duftenden Kaffee.

All das lag im verheißungsvollen Lächeln meiner Tante.

»Jetzt verstehe ich. Nicht nur das Picknick selbst,

sondern bereits die Vorstellung davon weckt die Lebensgeister der Menschen, nicht wahr? Aber um etwas zu erfahren, was die Vorstellung übersteigt, muss man den Moment packen und, schwups!, rein ins Geschehen. Was ich in den vergangenen Tagen in Shōichis Traum erlebt habe, ist genau das«, sagte ich.

»Du kommst ja richtig in Fahrt, Yumi-chan«, sagte die Tante. Sie strahlte übers ganze Gesicht, wie eine Sonnenblume.

»Das heißt, mein Leben, wie ich es mir ausgemalt habe, und auch meine jetzige Reise – im Grunde genommen sind sie nicht anders als die Wirklichkeit! Ganz so übel war's also nicht. Würde man es im Zeitraffer anschauen, könnte man trotz allem sehen, wie glücklich und zufrieden ich hier bin. Das ist doch auch etwas, oder?«, sagte ich in einem Atemzug, mitgerissen von meinem Gedanken.

Die Tante lachte und nickte zustimmend.

»So ist es, Yumi-chan. Du siehst das vollkommen richtig. Um dich braucht sich niemand mehr Sorgen zu machen. Die meisten Leute werden dein Leben aber nicht so sehen wie du. Na, egal. Du hast das Beste aus dem gemacht, was in deiner Situation möglich war. Das kann man guten Gewissens sagen. Weil du bis zuletzt rein geblieben bist wie eine schneeweiße Blüte. Deine Vorstellungskraft, die Zuneigung und Liebe, die dir von vielen Menschen entgegengebracht wurde, auch Shōichis Liebe und die deines anderen Freundes – sie alle sind wahr. Mindestens so wahr wie das, was Menschen als wirklich empfinden, und dann entpuppt sich das vermeintlich Wirkliche als Illusion. Glaub mir das, Yumi-chan.«

»Mit dem Picknick vorhin ist mir alles klargeworden. Ich denke, ich hab verstanden.«

»Wunderbar.«

Die Tante hatte wieder ihr mädchenhaftes, sonniges Lächeln.

»Eigentlich dachte ich, es würde ein trauriges, bedrückendes Wiedersehen werden. Doch schau mal an, wie heiter und ungezwungen wir miteinander plaudern. Ist ja auch nicht schwer bei einem so charmanten Geschöpf wie dir. Das hat mir sehr geholfen und macht mich glücklich, Yumi-chan. Weißt du, es war auch für mich nicht leicht, von der Welt und vor allem von Shōichi Abschied zu nehmen«, sagte die Tante und nahm mich in ihre Arme.

»Du fühlst dich an wie Mama«, sagte ich. Mir kamen die Tränen, aber ich wollte jetzt nicht weinen.

»Vergleich mich ja nicht mit dieser dicken Dame!«, platzte es aus der Tante heraus. Dann drückte sie mir einen herzhaften Kuss auf die

Wange, und im nächsten Moment war sie verschwunden.

Ach, jetzt bleibt mir nicht mehr viel Zeit. Shōichis Traum nähert sich dem Ende, und mit ihm wird sich auch der Zauber lösen, dachte ich ruhig und gefasst. Lebe wohl, meine Welt. Lebe wohl, du Geschöpf namens Yumiko. Oder werde ich, wenn es mich woandershin verschlägt, noch immer Yumiko sein? Ich wusste es nicht, aber vor meinen Augen öffnete sich langsam ein Spalt, wie ein schmales Fenster, durch den ich Shōichis schlafende Gestalt erkannte. Im Zimmer die ersten Anzeichen der Dämmerung, auf Shōichis Wangen ein Hauch von Morgenrot. Der Futon neben seinem Bett war nicht mehr da, und natürlich auch von mir keine Spur … Wenn er aufwacht, wird es wirklich nur noch eines geben: sich dem Schicksal fügen.

Wir hatten es schön zusammen, Shō-chan, aber jetzt muss ich leider gehen. Was in Zukunft auch geschehen mag, ich wünsche dir ein glückliches, erfülltes Leben; dass du lieben und geliebt werden und eine Frau fürs Leben finden wirst … Ich wünschte es ihm von Herzen, ohne dabei auch nur eine Sekunde an mich selbst zu denken.

Da war keine Spur von Eifersucht, so wie damals, als Shōichi und ich zusammen im Garten spielten. Es machte mir nichts aus, nicht mehr da zu sein und nicht zu wissen, was aus mir werden würde – Hauptsache, dieses schöne schlafende Antlitz würde Shōichi ein Leben lang erhalten bleiben.

Ich konnte nachfühlen, wie es für die Tante gewesen sein musste, Shōichi allein zurückzulassen, und war gerührt über die Zärtlichkeit und Würde, mit der sie ihren Schmerz zum Ausdruck gebracht hatte. Und dann dachte ich: In diesem Leben war es mir nicht vergönnt, eigene Kinder zu haben. Kinder haben – bedeutete das nicht auch, willig und bereit sein, ihnen jederzeit den eigenen Platz zu überlassen? Doch Mama schien, obwohl sie ein Kind hatte, dieses Gefühl nie gekannt zu haben, und auf einmal empfand ich großes Mitleid mit ihr.

Die Noblesse, die in diesem Gefühl lag, erschien mir als etwas so Wohltuendes wie eine bei schönem Wetter ausgiebig gelüftete, weiche, nach Sonne riechende Decke. Allein die Vorstellung, von einem solchen Gefühl beseelt zu sein, erzeugte eine Wärme, die bis in mein Innerstes drang.

In dem Moment erinnerte ich mich an den Kappa, die kleine Figur in meiner Tasche, und holte sie hervor. Auf meiner flachen Hand hockend, fühlte sich der Kobold recht schwer an.

In ihm drin müsste der Zettel meiner Tante sein. Ob ihre Handschrift noch lesbar ist? Shō-chan soll diesen Kobold haben, dachte ich. So viel Kraft, um ihn bei den Lebenden zurückzulassen, werde ich wohl noch haben. Schließlich bin ich die – zugegebenermaßen etwas geschwächte – Enkelin und Tochter zweier Hexen. Schon in der dritten Generation! Du schaffst es, spornte ich mich an und prustete plötzlich los vor Lachen. Ja, das Hexenblut in meinen Adern hatte mir das Leben alles andere als leicht gemacht. Es war ein ständiger Kampf gewesen, und der Kampf war noch nicht zu Ende. Nun denn, wenn es eine Zukunft gibt, dann ist das deine nächste Aufgabe, dachte ich und fühlte mich erleichtert. Und wenn es keine gibt, dann auch gut. Frau Kuma und meine Tante haben ja gesagt, ich hätte das Beste aus meiner Situation gemacht.

Bei der Erinnerung an diese Worte durchströmte mich wieder ein warmer Schauer. Und ich habe geglaubt, Geister würde es immer frösteln, dachte ich schmunzelnd.

Dann nahm ich den Kobold und steckte ihn entschlossen durch den Spalt. Wird schon klappen, dachte ich, und siehe da, es klappte. Shōichi konnte ich nicht berühren, aber es gelang mir, den Kobold neben seinem Kopfkissen niederzulegen.

Ich danke dir für alles. Verzeih mir bitte, dass ich dich jetzt verlasse.

Wenn du die Augen öffnest, Shō-chan, wirst du bestimmt sehr müde sein und dich wie erschlagen fühlen. Kein Wunder, bei dem Traum, den du geträumt hast. Du wirst traurig sein und beim Anblick des Kobolds vielleicht sogar ein wenig weinen. Es tut mir wirklich leid, dass ich dir all diesen Kummer bereite.

Wir haben nur wenig Zeit miteinander verbracht, aber dennoch möchte ich dir sagen: Ich hab dich sehr, sehr lieb. Lebe wohl!

Möge das Leben es gut mit dir meinen, und genieße es in vollen Zügen.

Möge dieser Wunsch zweier guter Hexen, der deiner Mutter und der meine, in Erfüllung gehen – auch wenn ich, im Gegensatz zu ihr, nur eine klägliche Möchtegernhexe bin.

Ich hoffte, er würde mein Gebet hören.

Einen Menschen lieben… Bedeutete das nicht eigentlich Selbstlosigkeit? Einzig um das Wohl des geliebten Menschen besorgt zu sein? In meinem Leben war mir das nicht vergönnt gewesen, aber meiner Tante und Shō-chan verdanke ich es, dass ich doch noch ein Zipfelchen dieses kostbaren Gefühls erhaschen konnte.

Was aus allem wird und wie es endet, bleibt bis zuletzt ein Geheimnis.

Es kam mir vor, als würde ich, die Hände voll mit duftenden, mir von vielen Menschen geschenkten Blumen, ins Ungewisse aufbrechen.

Ach, das war doch eine schöne Zeit hier. Und nun, wohin geht es jetzt?

Genau so fühlte ich mich. Wie jemand, der, eine etwas wehmütige Melodie vor sich hin summend, auf dem Weg zur nächsten Bushaltestelle ist.

Banana Yoshimoto im Diogenes Verlag

»Eine Romanautorin als Jugendidol – bei uns unvorstellbar. In Japan jedoch hat Banana Yoshimoto genau das geschafft.« *Petra, Hamburg*

»Was für ein Talent! Banana Yoshimoto schreibt wunderbar subtile, wundersam verstörende Bücher, in denen Japans Jugend endlich eine Stimme bekommt.« *Stern, Hamburg*

»Yoshimoto schildert nicht die äußere, sondern die innere Wirklichkeit ihrer Personen. Die Farbe des Himmels und die Form des Mondes sind sichtbar gemachte Gefühle.« *Der Tagesspiegel, Berlin*

Kitchen
Aus dem Japanischen von Wolfgang E. Schlecht. Mit einem Essay von Giorgio Amitrano

N. P.
Roman. Deutsch von Annelie Ortmanns-Suzuki

Tsugumi
Roman. Deutsch von Annelie Ortmanns

Dornröschenschlaf
Drei Erzählungen von der Nacht. Deutsch von Annelie Ortmanns, Gisela Ogasa und Anita Brockmann

Amrita
Roman. Deutsch von Annelie Ortmanns

Sly
Roman. Deutsch von Anita Brockmann

Federkleid
Roman. Deutsch von Thomas Eggenberg

Mein Körper weiß alles
Dreizehn Geschichten. Deutsch von Annelie Ortmanns und Thomas Eggenberg

Ihre Nacht
Roman. Deutsch von Thomas Eggenberg